惠风·文学汇

（第二辑）

月流烟渚

"惠风·文学汇"丛书编委会 编

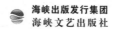
海峡出版发行集团
海峡文艺出版社

图书在版编目(CIP)数据

月流烟渚/"惠风·文学汇"丛书编委会编. —福州：
海峡文艺出版社,2024.8
  (惠风·文学汇)
  ISBN 978-7-5550-3794-1

Ⅰ.I267

中国国家版本馆 CIP 数据核字第 2024DL2996 号

月流烟渚

"惠风·文学汇"丛书编委会 编

出 版 人 林　滨
责任编辑 朱墨山
出版发行 海峡文艺出版社
经　　销 福建新华发行(集团)有限责任公司
社　　址 福州市东水路 76 号 14 层
发 行 部 0591－87536797
印　　刷 上海盛通时代印刷有限公司
厂　　址 上海市金山工业区广业路 568 号
开　　本 889 毫米×1194 毫米　1/32
字　　数 120 千字
印　　张 7.875
版　　次 2024 年 8 月第 1 版
印　　次 2024 年 8 月第 1 次印刷
书　　号 ISBN 978-7-5550-3794-1
定　　价 58.00 元

如发现印装质量问题,请寄承印厂调换

目录

追寻消逝的浯江 / 黄墨卷 ………………… 1

宁静的古渡 / 李鸿耀 …………………… 9

庄上走笔 / 马乔 ………………………… 14

山海之间的记忆 / 黄文斌 ……………… 24

福塘记忆 / 黄荣才 ……………………… 34

永远的山重 / 徐洁 ……………………… 41

塘东的诱惑 / 张轩朝 …………………… 53

南浔，有海的侯门 / 陈金土 …………… 62

会飞翔的闽南古民居 / 王忠智 ………… 71

静谧佛岭慢时光 / 北辰 ………………… 77

后龙溪漫笔 / 唐戈 ……………………… 85

待到秋风满村庄 / 陈曼远 ……………… 89

有香味的村庄 / 苏云 …………………… 96

走进寿山村走近乱弹戏 / 李家咏 ……… 100

七彩渔村映海天 / 欣桐 …………… 106

晚唱渔歌海上归 / 余素 …………… 111

山门村的历史面纱 / 蓝波儿 …… 119

海边奇石住人家 / 谢师强　杨国 …… 129

未经尘染的白沙 / 林霞 …………… 135

吾乡赤岸 / 游寿 …………………… 140

畲山春雨夜 / 曾毓秋 ……………… 143

忆三都澳 / 张炯 …………………… 154

畲山春 / 兰兴发 …………………… 165

小城故事 / 周贻海 ………………… 172

木槿流年 / 何奕敏 ………………… 179

茶事 / 郑飞雪 ……………………… 182

泛舟寻香 / 莫沽 …………………… 190

故乡草 / 刘翠婵 …………………… 199

远方的村庄 / 何钊 ………………… 205

听潮 / 张敏熙 ……………………… 209

一棵"神树" / 甘湖柳 …………… 219

老家有戏 / 刘岩生 ………………… 220

半生讨海半生闲 / 郑家志 ………… 227

千年水利忆黄鞠 / 张久升 ……… 237

追寻消逝的浯江

黄墨卷

梧龙村的母亲河叫浯江。她汇集东山岛东南沿海的牯山、西湖山、虎山、象山等山水，迂回曲折，缓缓东流，注入大海。

明朝初年，梧龙开基祖林氏携妻儿从邻县迁入东山，一路寻觅，终于在这片"山不高而秀丽、水不深而澄清"之地定居下来。他们沿浯江结草为庐，奠定了村庄的格局，肇启了梧龙的历史。从此，浯江这条母亲河哺育了一代代梧龙儿女。在梧龙人心中，浯江是他们源远流长的血脉。他们依偎在她的身旁，创造了日渐富庶的美丽家园，编织了一轴绚丽多彩的历史文化长卷。

欲展开长卷，只能溯江而上。尽管今天的浯江已在岁月沧桑中行将消逝，但她那断断续续的壕沟或干涸的河床，深深地嵌入这片土地。她没有消逝，只是换一种形式存在，其踪可觅。

六百年前先人沿江结草为庐的地方，今天是一大片保存完整、极具特色的古代传统民居建筑群。它位于村西南，一百多座古民居清一色红瓦白墙，一致的坐向，排列整齐，鳞次栉比，十分壮观。单体民居宛若小家碧玉，规模不大，均为"一厅二房带天井"的传统布局，且多有两层楼，楼上檐廊立有瓶状绿瓷栏杆，古色古香。这个古民居群的始建年代并非一致，有明清时期，甚至更晚，但其风格为何如此一致、如此协调？这是一个令人深思的问题。

再说，梧龙早已是一个近四千人口的大村，老屋自然不够住，却为何少有人拆了重建？村民似有保护这片古厝的共识。也许，他们难以忘却从屋前缓缓流过的母亲河，还有那清晨岸边洗衣、傍晚江畔饮牛的生活图景。他们在那里珍藏着太多的记忆。

浯江向东，转眼便来到村中部的林氏家庙。林氏家庙堂号"作求堂"，始建于明永乐年间，属抬梁式木构架建筑，由前埕、前厅、天井和主堂组成，内部装饰大气华美，又不失古朴。这是林氏宗亲春秋祭祖的神圣之处，也是全体村民的活动中心。每当重要节日，或遇婚、丧、寿、喜大事，这里便会吹响"集结号"，重新点燃蛰伏于内心的亲情之火，使其照彻整座村庄。

每年正月十二，是林氏家庙最热闹的时候。子夜一过，鞭炮声此起彼伏，门柱上的灯彻夜不眠，女人们穿戴一新开始忙活，古老的村庄陷入了一年一度的"杠酒"祈丰年的狂欢。"杠酒"是梧龙村独有的传统民俗，前年添丁或新婚的人家备下丰盛的贡品，在庙前的大埕摆开"花桌"，各色牲礼花样繁多，雕龙刻凤的花盘竞相比美。家庙人声鼎沸，一片欢腾，其乐融融的人间烟火直招得屋檐翘角上的剪瓷雕人儿恨不得飞身跃入这欢乐的海洋。

浯江水环绕迂回于家庙，似乎不愿匆匆离去，故家庙内有"长依浯水分万派以朝宗"的联句。据传，浯江还在家庙前留下一口"龙涎井"。这口井开凿于明永乐年间，井水清澈甘甜，从不干涸，即便大旱，仍可满足全村及邻村的日常饮用。如今的"龙涎井"，依然有往昔的风景。人们汲水泡茶，洗衣洗菜，碎念一番家长里短，笑声随着水花飞溅。女人们索性将长发泡入井水中，濯洗岁月的烟尘，甩开一片清凌凌的时光。有人说井边探身，可听见汩汩的泉流声，其实那就是浯江的声音。她将泉眼深藏，在沧海桑田的变幻中，用永不枯竭的甘泉润泽子子孙孙。

追寻浯江的足迹前行，村东南不远处便是远近闻名的梧龙大庙——龙山寺。它始建于明弘治十五年，现依原貌重修，保留明清风格，呈现出恢宏开阔的气势。龙山寺属土木结构，悬山顶，抬梁式木构架，屋脊上的"双龙戏珠"剪瓷雕历经风雨洗礼依然艳丽如初，刻有"龙山保障"的额匾高悬山门，分外醒目。庙宇由前殿、天井、轩亭、后殿组成，属东山最大的"七包三"建筑格局，故有"岐下祠堂梧龙庙"之说。主殿供奉开漳圣王陈元光部将李伯瑶与平德妙顺夫人邵氏的金身，尊称"王爹王妈"。江对岸陆路来的香客必跨越"永清桥"，而抄水路者则搭浯江上的扁舟直达寺前。

龙山寺西去一百米处矗立着一座风水塔，称

"龙峰宝塔"，俗称"三界公塔"，始建于明朝中期，现代重建，为四层方形石构塔。塔端置四面佛石雕，塔身有《龙峰宝塔序考》"三宫大帝""寿天百乐"等题刻。据载，该塔原矗立于东南入海口，后由七世祖同知公林震迁建于此。究竟什么原因迁移，众说纷纭，莫衷一是，但无论如何它还是离不开浯江。作为风水塔，不外有镇风沙、平江流、保社稷、出丁贵、文武平衡等功用。这是人们赋予它的功用，也是人们的美好愿望。也许有人认为石塔过于孤独刚硬，便在塔旁植树。只见石塔与一株身姿曼妙的古树紧紧相依，令人产生坚硬与柔韧的遐想：这起伏绵延的山峰与浯江迤逦的水流，彼此渗透，彼此吸纳，孕育出梧龙的人才辈出、文武兼济。

据传，明代梧龙村多出武士，曾有一壮夫，力大无比。一天，他入城挑货，因不识字误揭了擂台榜，便被迫去打擂台。谁想到他一上台便将台主撕成四段，震惊朝野。不久，巡海道蔡潮来东山，见梧龙多出武士而少出文人，便命工匠在浯江岸边的虎头大石刻下"天开文运"四个大字。从此，梧龙果然文人辈出。尽管清咸丰年间梧龙还出了"小刀会"东山首领林美圆（在东山起义失败后远遁南洋），但更有影响的还是被列为乡贤的文人。

其中颇值得梧龙人引以为豪的是晚明时期曾任直隶太仓府四品知府的林震，著有《苏峰奇景》《棠棣之花》的三世祖岩隐公，通晓天文地理、终身不仕、著有《笑谈四库全书》《罗经透解》等著作的雾居士，还有雾居士的弟子林清音等。在东山民间最有影响的是林清音。林清音，民间称其为"乌鸡秀"，生于清代晚期，自幼饱读诗书，才华出众，被誉为"五都秀才虎"。

他留下了许多妙联，比如写戏台："千里路途七八步，百万雄兵四五名"；写油坊："榴槌点下迫油泄，赤膊阵上挥汗流"。他还是一个阿凡提式的人物，足智多谋，诙谐幽默，至今民间还流传着他的许多生动故事。

"天开文运"只是一种期许，只有办学方能开启文运，梧龙人早就意识到这一点。清代晚期，他们在浯江之畔的蛤蟆山修建太师公庙时开创了"浯江别墅"私塾，并改山名为"揭榜山"，对文化的普及与人才的培养起到关键作用。如今太师公庙及私塾仅存遗迹，徜徉于断壁残垣之间，耳边仿佛听到了浯江之上飘来的朗朗书声。

梧龙山外有山，江外有海。村东南的尽头便是景色迷人的苏峰山及其北麓的后江湾。苏峰山是东山岛最高的山，其三面浸于海中。而后江湾与金銮湾连成一片，是东山岛七大海湾之一。海湾辽阔空旷，面对浩瀚大海的万顷碧波，洁白绵延的沙滩纤尘不染。这里是世代梧龙人近海捕捞与拉山网的场所。

由此可见，梧龙不仅有传统的农耕文化，而且还有开放的海洋文化，而使两种文化融为一体的便是母亲河浯江。

不久前，中央电视台 2017 年全国农民春节大联欢《过年了》节目组走进梧龙村，在林氏家庙拍摄劈甘蔗、攻炮城、吃血蚶等年俗活动。林氏家庙前红灯高挂，人山人海，一片沸腾，梧龙村又火了一把。喧嚣过后，村子里恢复了往日的平静。这平静透着清澈和明亮，没有荣耀加身的飞扬，亦无繁华散尽的落寞，他们将喜悦揉进晨耕暮种，那些偶露的峥嵘，隐入阡陌，化为泥土的芬芳。这是浯江水孕育出来的品性。

　　回望梧龙，总觉得浯江尚在，她依然东流，缓缓地融入大海，流进世世代代梧龙人的血脉。

宁静的古渡

李鸿耀

　　一条笔直宽敞的疏港公路穿行而过，两头连接着城市的繁华，中间坐落着一个宁静的山村，这个村庄古时叫"鼓讲"，现时称"古港"（闽南语"鼓讲"与"古港"谐音）。她坐东向西，东靠三山，西依一港，南与樟塘羊角山相连，北与云霄县的礁美、列屿一水之隔，环境优美，土地肥沃，山青林茂，奇石耸立。

　　古港村的前世冗长，望不到尽头。早在唐宋时期，铜山（即今东山）尚是一座孤岛，岛上先民凭借天风海涛的八尺门渡口（唐代亦称"陈平渡"）与内陆相通。八尺门渡口海面狭长、水流湍急，经常发生翻船事故。聪明的岛民千方百计寻找开辟一处天然良港，古港古渡成了首选。

　　古港古渡，始建于宋元时期，鼎盛于明清时代。古渡，两面环山，形成天然屏障，港湾开阔，水深浪缓，沿村前一条天然的小溪穿流而过，连接着东沈村东赤港，构成东西走向的水陆运输大动脉。明永乐年间，明成祖朱棣命郑和从苏州太仓刘家港起锚，率大型船队七下西洋，其中郑和第五次下西洋时曾在东山避风、补给。这个千年古渡成为"海上丝绸之路"的重要一员。她曾经为海岛的商贸往来做出过"宝物填溢"的贡献，也曾为家乡的莘莘学子赴京赶考带来了无尽的梦想。清康熙年间，随着清廷的"禁海迁界"，古渡逐渐衰落。伫立古渡，满眼都是流逝的岁月碎片。眼前古渡空蒙宁静，繁华散落，浮躁拂去，唯有宽阔的滩涂上几个鲍鱼场和几处虾池水波粼粼。面对古渡，我们只有追思，而所有的怀想却是那么的温馨，而又那么的美丽……

徜徉在这个闽南风格的古村落，仿佛置身在一座天然博物馆，村里人文历史遗存极为丰富。位于村庄中部有一石龟，背上刻有"鼓讲胜境"四个字，题款："万历戊午仲夏戊申立"。相传，古港村南端有一小村庄，名叫林步，由于历史的变迁，现已无人居住，唯遗存下一间林步土地公庙、枯废古井一个、破旧厕所数个。现如今林步族人在古港尚有二十四户。

海月岩是古港村另一处天然景观。它位于村北面九路尾山山下，坐南向北，依山傍海，环境优美，天生自然，周围有"老鹰朝阳""海犬吠日""青蛙望月""木鱼石"等奇岩怪石。穿行其间，如进入时间公园，在惊叹大自然的鬼斧神工的同时，也为先人们对景观的命名而感叹不已。这些命名在自然景观中注入了人文内涵，为我们架起了一座理解大诗人李白"清水出芙蓉，天然去雕饰"这一著名诗句的桥梁。

林日瑞墓，位于古港村村部边，现保存完好。林日瑞，原名日烺，因避东宫太子慈烺讳，改名日瑞，字廷辑，又字浴元，东山县康美村人，明万历四十四年进士，明天启五年升户部河南司主事，明崇祯四年升湖广司郎中，五月转任浙江右参政，分守宁绍道。其所辖海宁县，地处杭州湾入海处，五代时曾修捍海塘，以御海潮，由于年久失修，其御潮能力减返。林日瑞亲自踏勘探测，带领民众，用三年时间修好捍海塘。明崇祯七年，其调江西任参政，分守湖东道，组织整修残破的城垣；明崇祯十一年，任浙江提刑按察史；明崇祯十二年，调任广东右布政使；明崇祯十四年，任陕西左布政使；明崇祯十五年夏，升任甘肃巡抚、都察院右副都御史。翌年十一月，李自成部将贺锦攻下兰州，进逼甘州。围城半月，城破，林日瑞巷战中被俘，拒降；明崇祯十六年十二月二十七日被磔，终年五十八。

这是一个值得尊敬的英雄人物。《漳州府志》上说，他去世之后，"杭人祀日瑞于西湖，春秋不绝"。由此可见在当时林日瑞知名度之高。

古港村的林日瑞墓，呈馒头状，旁边生长着一棵参天的古榕树。碑文为"明赐进士第出身、资政大夫、前甘肃巡抚、都察院右副都御史，殉闯难，敕赠兵部尚书，谥忠简，浴元林公暨配累赠恭人、诰赠夫人许氏、累封恭人、诰赠夫人刘氏墓，癸巳年季春吉日。孝子：邦璧、邦祯、邦际、邦垣、邦经、邦基，承重孙鹤云，同立石"。

寡妇村是一个不幸的历史印记。1950 年 5 月 12 日，溃退东山岛的国民党军队在逃往台湾之际，实施了扩充兵源的大抓丁行动。一夜之间，东山县被抓走青壮年四千七百多人，遗留下旷世悲歌的铜钵——寡妇村。在这场"兵灾"中，古港村也深受其害，据记载，当时古港村仅一百七十多户，而被抓走的壮丁达八十七人，其比例之高在东山县各村中位居前列。不难想象，那一夜整个古港村鸡犬不宁，敲门声、哭喊声、枪炮声不绝于耳，古港村经历了人世间的一次生离死别……

夕阳下，漫步在古港村的大海边，我梦中的画面在这里不期而遇，一个千年古渡，一座山青水碧的古村落，闹市的聒噪销声匿迹，心沉在鸟鸣山更幽的静寂里。

庄上走笔

马 乔

一直以为为庄上村起名的人是个天才。瞧这个村庄的大号起得有多绝啊！仅仅使上了一个模糊技法，就让一个原本难以突显个性的乡村顿时鹤立鸡群了。

庄上，庄上，你说这是在念叨一个乡社，还是在诉说一个人正待在某个乡村里？这还不算，依照汉语语境的不同，"庄上"这个雅号还可以让人们品读出许多意味。比如庄上是布衣中的员外、乡社林的翘楚之类。本来哦，在中国，大号为"庄"与名号曰"村"，是有微妙区别的。庄总要比村给人"土豪"一些的感觉，就像别墅总要比一般城市住宅高一个档次一样。君不闻，河北承德的避暑山庄，那可是皇帝的行宫、天子的园林呐！读者如熟悉《水浒传》，该对"三打祝家庄"印象很深才是。这个祝家庄为什么不叫祝家村？完全因为祝家庄是一个显赫人家建在山野里的城堡，是城堡就不能名为村。倘若有人质疑笔者的说法，那请他把《三打祝家庄》改为《三打祝家村》看看，是不是明显有钢被贬为生铁的掉价感？

还有，庄上用闽南话称呼，恰与"装上"谐音。在以闽南话为当地主流方言的平和县大溪镇，庄上与"装上"同时俏行于人们互相交流的生活平台上，仿佛也带给世人一个与其环境有关的联想。不是吗？当地氏族引以为豪的庄上城的落成与数百年长盛不衰，怎么联想都不过分！比如把它比喻为一颗翡翠明珠，灵巧地镶嵌在闽西南的大山深处，熠熠生辉！

看似一个信手拈来的乡村命名，其实名堂多着呢！

与其把庄上村介绍为隶属于平和县大溪镇的一个行政村，不如将其投影于灵通山下。普天之下，大溪镇几人知晓？而灵通山呢？素有"小黄山"的美誉。灵通山不敢说名贯大江南北、四海皆知，至少在闽南粤东名气如虹吧！著名的明代旅行家徐霞客，曾慕名而来造访当时叫"大峰山"的灵通山。明末享有"旷世伟人""一代完人""字画为馆阁第一，文章为国朝第一，人品为海内第一，其学问直接周孔，为古今第一"声誉的黄道周，曾选择大峰山作为读书处，后又留有《梁峰二山赋》，其中写道："临漳之西，又九十余里，有大峰之山……其峰……三十有六，一一与黄山相似，或有过焉，无不及者。"

庄上村毗邻灵通山，可以保证假一罚十。不信请到庄上村的主体建筑庄上土楼前驻足看看，在土楼前的半月形池塘里，是不是可以看到灵通山的倒影？风吹皱一池泉水之时，灵通山顶那一弯镰月，还会在池水里眨着顽童一般的明眸，让观者猜猜它停留在汉唐，还是已踏进今夕？

在一些游客眼里，庄上村简直就是一汪浑水。因为它有太多让人说不清、道不明的东西。再明白不过摆着的第一个例子是村里一座近年来声誉鹊起、外人称之为"庄上土楼"的古建筑，楼里人却千人一辞名其为"庄上城"。

楼与城，在人们惯有的认知里，有天渊之别

不说，就是在建筑学、地理学、社会学、经济学里，都泾渭分明、分野巨大。楼者，往往是两层以上建构的独立建筑，一般由个人或团体所拥有，并居住、使用，城市和乡村都随处可见楼的身影。而城者，是由众多的平房、楼房与大厦聚集而成的人类生活区。从宏观上说，楼充其量不过苍茫大地上的一个小小的点，而城至少是广袤天地间的一个大大的片。孰大孰小，谁洋谁土，岂不一目了然？但偏偏是世代居住在本土的庄上人，却把楼与城混为一体了。其实，庄上村的水不是浑，是有些深，深得让外人难以一眼见底。外界早已叫惯了嘴的"庄上土楼"之名谓，所以被当地布衣抛弃不用，而口口声声谓之为"庄上城"，非出于好大喜功、哗众取宠，更与夜郎自大不沾边。这座庄上土楼是客家人建造的，生活在土楼里的客家人，向来极其注重仁、信、礼、智，认为"无信非君子，无义不丈夫"。这样的民系，一是一，二是二，绝不把一说成二，把二说成五。他们弃楼取城的认定，自有其理由。

到永定观赏过振成楼，到华安看过二宜楼，

如果再到平和大溪庄上土楼游览的有心游客一定会感到出乎意料。论土楼之名气，振成楼被称作"土楼王子"，二宜楼有"土楼之王"的称号，但如若拿它们与庄上土楼比，至少其个头不可同日而语。

不用对比具体数据，仅看外貌，庄上土楼也足以令人震撼。有谁看过或者听说过一座楼里还环抱着一座山？是那种原生态的天然隆起的山，而非人工制造的假山？但凡到过庄上土楼的人，都可以看到庄上土楼的膝上，端坐着一座山，如同一位爷爷怀抱着襁褓中的孙儿一样。

还有，即便是一座太守驻守的府城，通常也只设四个城门供人出入。但庄上土楼却拥有六个楼门。楼门多并非为了炫耀，而是因为楼太大，为了让楼中居民进出方便，就要多设楼门。不仅如此，一般的土楼一座楼里挖有两口水井就算多了，而庄上土楼里水井就有四口。更匪夷所思的是庄上土楼里竟然设有四座宗祠，分别以"永思""笃庆""敦睦""崇本"为堂号。

庄上土楼水深的另一个典型例子，是这座土

楼的历史纵深处至今仍有天机未泄的玄奥。据庄上村叶姓族谱记载，庄上土楼的创建者是大溪叶氏第十世祖叶冲汉。之前，外迁而来大溪的叶氏，一直默默无闻。只有到了叶冲汉，才一鸣惊人，从此让四乡八邻刮目相看。

叶冲汉所处的时代，清朝的铁骑与南明的残部为争夺统治权相互厮杀正酣，位于闽粤交界处的大溪一带，被顽强地扛着南明大旗的郑成功视为反清大本营的腹地。清顺治九年十一月，他指令从小在与大溪毗邻的官陂长大的手下部将张耍（万礼）和黄兴，"往诏安九甲、平和等处略地措粮"。"这等于让张耍回家乡经营战略后方，因为诏安九甲与平和南部山区是万礼参加郑成功军队之前的老根据地，位于闽、粤两省交界处。"（罗炤《郑成功与天地会》）而恰恰是郑成功的这一战略部署，成为叶冲汉和大溪叶氏崛起的契机。

原来，张耍在投军郑成功之前早已和叶冲汉结拜为金兰。张耍奉命回乡经营反清复明大后方，于公于私都忘不了叶冲汉这名金兰兄弟。刚到闽西南山区腹地，张耍就派人找来叶冲汉，授权他负责征收大溪及其周边地区的税赋，同时免去叶冲汉一家的田赋税金。叶冲汉仿佛天落馅饼正好砸到自己头上一般，从此当起了"郑家税务局"的税官。

在接下来的日子里，天资聪颖过人的叶冲汉，把张耍给他的授权与优惠政策发挥到极致。张大将军不是允许自己免交田赋税金吗？那好，他让人四处放话：乡亲们若愿意卖地，将田归于老叶名下，一亩给五两白银，而且田照样归原来的人耕作。一年如收三石谷子，耕作者可得二石谷，另一石谷子就当田租交。愿意照此办理者，当面就可立田契。

叶冲汉发布的这一条广告，太有吸引力了。因为当时的大溪"三日清，四日明"，无论谁占领大溪，田赋杂税都又多又重。靠天吃饭的农民，经常辛苦一年，收获缴完田赋之后，已几无剩余。以至出现了官家丈量田地，田主"不愿相认"的现象。（《平和县志·田赋志》）如今，虽说叶冲汉要把地收到他的名下，但经营权还属于自己，每年收获还有三分之二是自己的。最讲究实际的农民一算账，觉得把地卖给叶冲汉比自己拥有土地更实惠。尽管天生就把土地视为命根子的农民，对卖土地绝对怀有一份不情愿，真到了要卖地时总还要纠结一番，但最终还是纷纷找叶冲汉变更田契去了。几年下来，灵通山下的众多田地，便都归到叶冲汉名下。叶冲汉田租也越收越多，加上承包收取"郑家军"的田赋杂税的差事，也有不菲进账，腰包日渐鼓起。

祖祖辈辈都是农民的叶冲汉，此时此刻想了很多：从客家人自北向南迁徙想到了祖上的背井离乡、颠沛流离；想到了时局的忽清忽明，铁蹄得得，血腥威胁随时都可能降临，大溪的叶氏宗亲急需有城堡式的庇护寓所；也想到了世代流传的"有钱起大厝"光宗耀祖的传统。于是一张蓝图在他的脑海里越来越清晰地显现出来。从来就说干就干的叶冲汉便选择了一个黄道吉日，为庄上土楼的建设举行了隆重的奠基典礼。此时此刻正是南明永历与清朝顺治年号重叠出现在历书上的一个上午。

庄上土楼的兴建，似乎还有更深层的"不能

说"。依据若隐若现的线索，庄上楼的开工建设与中国历史上隐蔽最深，直到数百年后还让人莫衷一是的反清复明结社组织天地会有说不清、道不明的关系。

据中国社会科学院世界宗教研究所研究员罗炤、中国社会科学院历史研究所研究员王戎笙等人现场考证，在庄上大楼正南偏东、一个山高林密的山麓凹陷处，有一座名为高隐寺的寺庙。以它为圆心画圆的话，不到十里路的半径里分别又有长林寺、高仙岩（又叫关帝庙）。三个寺庙恰好分属于如今的平和、诏安与云霄三县。这三座寺庙所处的平和、云霄、诏安的接合部，恰恰正是诞生了令清代各朝皇帝视为心腹大患的洪门天地会的地点。这三座寺庙的开山僧，都是俗名张木，又名百通，法号道宗，也叫万五道宗的高僧。万五道宗与万礼是叔伯兄弟，而建造庄上楼的叶冲汉与万礼是结拜金兰。如此线索，指向的是这位叶冲汉必是"以万为姓集团"里的一名骨干分子无疑。而天地会正是"以万为姓集团"创建的。

再有，长林寺、高隐寺、庄上城的建设，时

间只有个位数的年份差异，说明这三处建筑的动工，很可能同出于一个策划。上文中列举过庄上土楼的建造资金，来自叶冲汉承包郑成功田赋杂税的盈余和他购地种粮的发财所得。其实那只是采自当地叶氏后人的说法而已。庄上城的建设很可能源于天地会的统一策划，资金则来自天地会或者郑成功。

郑成功与天地会的关系，历来众说纷纭。但谁都不敢肯定天地会与郑成功没有一点关系。现在已知的有，天地会的诞生地高隐寺与长林寺的建设，投资人是郑成功麾下的诸多将领，例如洪旭、张进、黄廷、万礼、甘辉、余宽、卢若腾、陈六御、萧拱辰、郑擎柱等人，就连郑成功本人也捐出不菲银两。这件事其时当然不可能为外人所知，天机乍泄之日已在长林、高隐两寺建成的三百多年以后，才由上文提到的罗炤、王戎笙等一干学者考证而出。

山海之间的记忆

黄文斌

> 一座楼，一个村，水淹火烧，仍是家园。
>
> 两条溪，两棵树，六百年，从海到山，从山到海，乡愁绵绵。

——题记

芦丰村的记忆要从元末明初开始说起。

元末，为躲避战乱，同安县佛岭郡马府的叶伯强举家内迁，那决定艰难而决绝。叶正寿，芦溪叶姓的开基始祖，那时还在襁褓之中。经过唐、宋、元六百来年的耕耘，漳州已是富庶之地，西部山区也已不是蛮獠之区，但迁徙之途绝不会轻松。此后的二三十年里，这个家族在漳州的迁徙一直没有停息，他们一直在寻觅一个真正属于他们的家园。

明洪武元年，朱元璋建立了大明王朝。明洪

武二年，已成年的叶正寿翻山越岭，带领一些族人历经千辛万苦到了深山环抱的平和芦溪，在韩江支流之一的芦溪东溪、北溪汇合处，"开炉造窑，垦治田野，请纳米册"，真正落地生根、开枝散叶，成为芦溪叶姓的开基始祖。

开辟芦溪之后，叶姓又以芦溪为根基，向各地散发。"骏马登程向远方，任从胜地立纲常"，客家人的说法对闽南人一样适用。清代，漳州有几次对台湾的人口迁移运动，经专家考证说，平和芦溪叶姓就是大部分台湾叶氏宗亲的始祖。分布在台北、彰化、嘉义、桃园等地的芦溪叶氏宗亲如今也大都与家乡取得了联系，并常常组团回乡谒祖。

有一年清明，一个台湾的老兵回乡扫墓，说起"慎终追远"四字，让我突然间有一种震惊和顿悟的感觉。那是中华民族得以数千年绵延不绝的根本精神之一。在这个叶姓老人身上，我又看到了这种精神。这也为我解了一个疑惑。芦溪在平和的西北部，毗邻南靖书洋、永定湖坑，20世纪70年代前，依然是三县的木材交易市场，边贸红火；这一带有很多土楼群，永定、南靖土楼的主体都在这一带，和芦溪构成半小时路程圈的"土楼金三角"。芦溪下游的秀峰、长乐、九峰，包括大溪，这些平和的乡镇都有土楼，也有很多人讲客家话。但芦溪人不讲客家话，只讲闽南话，芦溪人就用这种方式保留着自己的根。

我对芦丰村的重视来自一座楼，一座一百多年前就上了西方的邮票和明信片的楼。

我是被外国人的明信片敲醒后才去拜访那座楼的。百年前的清末，美国传教士毕腓力看到这巨大圆楼时的惊喜之情，我亦感同身受。虽然我看到的丰作厥宁楼已经残缺不全，但雄风犹在。一个西方人翻山越岭来到三县交界处的芦溪，那时的艰辛你可以想象。在永定、南靖、平和"土楼金三角"，有"土楼王子"振成楼、田螺坑的"四菜一汤"、七百年不倒的"东歪西斜楼"……这么多土楼，单单是丰作厥宁楼被传教士拍下来制成邮票、明信片，呈献给他们的国家和人民，就说明这楼一定有它别具一格的魅力。而西方人对它的关注并不因时光的流逝而消失，原国家建设部保存有美国一个基金会拍摄于1995年的两幅丰作厥宁楼黑白照片，拍摄角度和老明信片基本一样。这说明有人一直惦记着它。

丰作厥宁楼的重新被关注，应该感谢厦门的媒体人高振碧和芦丰村的乡亲们。2011年，在得到老明信片之后，高振碧和他的朋友又先后收集到三枚相似的明信片：《井》，上有一口三眼井，一个长辫子的妇人在提水；《乡下人》，上面有"丰作厥宁"门额，门前排队的乡民还是剃头留辫的模样；还有一枚上有英文"Chiang-Chin-River"，有一座圆形的大土楼在田野之中。高振碧苦苦寻觅，在芦溪外出乡亲、芦丰村民帮助下，确定丰作厥宁楼就在芦溪芦丰村。当百年影像在自己眼前神奇"复活"后，高振碧顾不上喝一口水，立即在村民的指引下上山"考古"。那种喜悦之情，不亚于第一次见到此楼的西方人。

媒体人高振碧是在求证和发现，帮他的芦丰乡亲是在证明。没有物证和人证说明百年前的楼主们看到过这些邮票或明信片，或者看过毕腓力写的《厦门和周边地区》。但如今的村民在这些媒体及照片中看到了自己祖先和村落的光辉与荣耀，曾经穿越千山万水到达了遥远的西方。这感染了他们，也鼓舞了他们。当初的影响就像石子落进屋前的溪流，也许曾掀起水波，但早已流走。但这次的影响，却可能很久远。

清康熙三十七年，叶长文和后来成为孝廉公的叶丹玠开始建设丰作厥宁楼。建造者叶长文发财建楼的故事很传统——好人有好报。十二岁的时候他救助了一个饿汉，没想到这是一个绿林好汉。这个好汉非常感激，在一个恰当的时机，用一种恰当的方式让他发了一笔大财。建大楼者都有故事，故事的意义在于激励后人，也在于说明钱财来自正路。因为工程浩大，土楼历时四十年才完工。完工之时，两人都已垂垂老矣。垂垂老矣的叶丹玠依然笔力雄健，提笔写下"丰水汇双潮十二世开疆率作，厥家为一本亿万年聚族咸宁"，刻在门楼两边的石柱，又取出头尾四字"丰作厥宁"作为楼名铭刻在门楣的石匾之上，希望全族兴旺发达。这石匾和字，明信片上清晰可见，如今你也依然可以清晰地看到。只不过两边石柱上的对联换成了"团圆宝寨台星护,轩豁鸿门福祉临"。尽管文采少了些,气势弱了些,美好的心愿却如一。

心愿挡不住岁月的无情。清光绪三十四年,特大洪水冲毁了三分之二的房屋,经过几年的修复才恢复原貌。1930年冬,芦溪火灾四起,大楼起火烧了好几天,过火处已成残垣断壁,损毁严重,至今没有恢复,徒增沧桑。穿过甬道,站在宽敞的天井里,抬头四望,透过断壁残垣,你仍然可以想象这座宽大得可作运动场的土楼,新建之时是多么的宏伟。因为天井的宽阔,这层层的楼台、巨大的圆弧,并不会让人产生很多土楼都有的压迫之感,反而更添壮观。作为1988年就被来这里考察的同济大学考察队认定的"迄今已发现的世界上最大的圆形土楼",丰作厥宁楼见证了芦溪叶氏家族的兴旺和繁荣。

土楼建筑在客家民居中,独树一帜,却是一种异类。和客家梅县的围屋,赣州府、汀州府一带传统的客家民居"九厅十八井"相比,土楼在聚族而居之外,更强调了它的封闭性和防御性。

从这角度来说，土楼有点像丹巴的碉楼。汉人的传统民居，高至四五层的不多。无论是北方的四合院，还是南方的"九厅十八井"，更多的都是在平面上铺陈，贴近大地，贴近生活，和环境融为一体。屋顶的飞檐翘角，除了打破平面的呆板，增加灵动之感，也有让人"脚踏实地，眺望星空"之意。但和同属世界文化遗产的广东开平碉楼相比，土楼还是很有东方特色的，因为建造所用的材质是传统的黑瓦黄土，土楼依旧是大地的一部分。它不像开平碉楼那么孤独，和环境那么格格不入，成为外来文化的一种标志。开平碉楼，从一开始建造就注定了它的孤独感，因为主人都在国外，住在楼内的人都是留守之人。就像现在许多农村新建的高大别墅，平时是那么的寂寞孤寂，只在过年过节之际才热热闹闹。

但每一座土楼，都曾热闹无比，甚至热闹得像个市场，毫无隐私可言。高峰时期，丰作厥宁楼住了六百多人，一座楼就是一个村，可见当初是多么喧哗和生机勃勃。

丰作厥宁楼的构造不复杂，以泥土夯筑的墙

体算不上好，却很牢固。外墙用一抱大的黄灿灿的河卵石砌墙脚，手艺粗朴老到。楼内最有艺术感的是那口三眼井盖。平和较好的土楼里都有水井，有石头做的单眼、两眼、三眼井盖，丰作厥宁楼的井盖是最大的。

丰作厥宁楼的设计很有超前意识。楼内的每个小家是以独立单元分配的，没有敞廊，有一部楼梯通到四楼。全楼七十二开间，分为七十二个独立单元，每单元从底层到顶层垂直四间，改变了永定、南靖大多数土楼敞廊、公共楼梯的布局，有点像现代联排别墅，更科学，更合理，更人性化。在主楼前面各建有自家小院，每家都有一个小天井，虽然不大，但一进入其单元的狭窄小门，就是一个个独立个体，保证了小家庭有足够的私密性。公共大天井和公共大门所带给人们的紧张感与压力感，也在单元小天井中消失了。在建筑平面上，基本均等的小天井围绕一个核心大天井，形成了巨大的公共活动空间，确保了家族的凝聚力和统一性。在三百多年前，这种设计，既避免了封闭式土楼过度集合的缺点，又避免了单家小屋的孤弱恐惧和不安全感，也充分考虑到了强大的传统伦理之下对个性需求的满足，实在是公私兼顾、两全其美的绝妙创造。绳武楼和华安县的二宜楼也有这种中西合璧、"公私兼顾"的特点。但他们的建造者在漳州或南洋做生意，受过西方文化的影响，有这种设计理念比较容易理解。丰作厥宁楼建设年代比它们早，就更体现了当初建楼的叶姓祖先的开放意识。在平和县的其他乡村，以及诏安、南靖、华安等县，均有一些类似丰作厥宁楼的"公中有小私"的圆土楼或方土楼，它们或许是从这座土楼得到某种启示。

芦丰村还有方形的联辉楼，内部构造要比丰作厥宁楼来得精致。丰作厥宁楼的大门左侧，还建有孝廉公祠。溪对岸有民国时期建造的骑楼式旧街，还有闽南风格浓郁、屋顶飞檐翘角镶有剪瓷雕的叶姓祖祠。丰作厥宁楼大门外，北溪畔的大榕树下，各十三个的石磴排成两排，如七星落地，村里的人们时常坐在石墩上，聊天，纳凉。外出的叶姓乡亲，想必小时候都曾在树下听爷爷奶奶讲故事，数星星，抓萤火虫，在树下的溪里捞鱼抓虾。他们的记忆里，该有这大榕树和石礅的一席之地。

"少小离家老大回，乡音未改鬓毛衰。"人的一生很短，房子比人老，树比房子命还长。乡愁在哪安家？就在老厝，就在村头的古树，就在不断修葺一新的祠堂。爱一个人不难，爱一个城市不易。在城市安家容易，融入城市把城市当家不易。许多奔波谋生在城市里的农村子弟，包括进入城市主流社会的成功人士，照样年年回家过年。因为远方那个故乡才是他们真正的家，他们灵魂和情感的归宿，他们的根。虽然每年都要回家过年的故乡，早已把他们视作城里人，并以此为荣。

乡村依然会是我们永久的家园，永久的根，传承中华文化最有效的载体。我真诚希望芦丰村成为在发展中传承的典范。

福塘记忆

黄荣才

福塘村能够走进记忆，是因为 1990 年从师范毕业分配到秀峰小学任教的机缘。报到那天，恰逢雨后公路塌方，唯一的班车停开，四个新分配的师范生徒步十八千米，前往秀峰小学。咬牙紧撑，到了福塘村，听说还要三千米，就像练武术的人撑着的一口真气泄了，顿时，无助、疲劳等侵袭而来，福塘村成为一个伤悲的注脚。习惯之后，在后来的日子，每每走到福塘村，返家的时候，离家近了三千米，还有十五千米；返校的时候，则是离家十五千米，还有三千米。无论距离的远近，福塘村都成为一个参照物，楔在心头。

福塘村旧称"上大峰"，秀峰一度被称为"小峰"，一大一小和其他几个地名成为佳联"上坪下坪赤草埔，大峰小峰白花洋"。这里和九峰、永定、崎岭等等相通，不过，在我的记忆之中，福塘的滋味一言难尽。当年在秀峰小学任教的时候，交通不便，闭塞、寂寞、孤独成为我和在福塘小学任教的林弋两个人共同的标签。放学的时候，我拎着一瓶绵竹酒和一包鱼皮花生，从秀峰往福塘走，林弋则是从福塘往秀峰走。到了半路，我们相逢，就在路旁的草地坐下，喝一口酒，往嘴里丢一颗鱼皮花生，漫无边际地闲聊。有风吹过，山里的公路静寂无人，也没有车辆。土路旁的尘土飞扬，茅草衰黄，荒凉的感觉顺酒气而上。酒喝完了，把空酒瓶扔到路下的小河，没有什么声响。我和林弋分手，默默地行走，偶尔回头，会看到暮色落在对方的后背，肃杀、苍凉。福塘的村道上，也就不时承载了我们青春的泪水。

在村里，我和林弋时常到圩场一个叫"阿堆"的椿臼面店吃面。椿臼面是福塘的特色小吃。自种的小麦磨成粉，和面不仅仅是在面盆里，而是又放到石臼椿，翻来覆去，把面团椿活了，然后上板，用一把很大的刀切成面条，比正常的面条粗，而且和机制的面条是圆形的不同，椿臼面是方形的。椿臼面比普通的面条煮的时间要长，捞到碗里，不黏、不散、不烂，浇上香油，加上用大骨熬成的汤，放几簇自家种的空心菜或者韭菜，吃起来有嚼劲、筋道足，足以让人体会到风卷残云的感觉。阿堆的椿臼面从开始的每碗三毛钱到现在的每碗五块钱，经历了二十多年的时间。至于椿臼面上了央视《远方的家》，那是去年才有的事情。椿臼面留给我的还是当年和林弋一起吃面的记忆。我们时常是一碗面条、一碗扁食混合在一起成为一大碗，每个人两大碗，然后切一点猪头皮，阔绰的时候，上两瓶绵竹酒，把日子吃得稀里哗啦。

吃过面条，我们喜欢无所事事地在福塘村里穿梭。我们跑到在塘背科的聚奎楼。这座土楼有三层高，以八卦形设计，楼里门窗都有石雕、楹联、字画，楹联诗文清新简洁，如"瞻高望远，仰观俯察""清风徐来好，明月桂花香""夕阳红半楼，远水碧千里"等等，门窗的缝隙里就传出书香的雅韵。始建于清乾隆年间的南阳楼也留下我们的足迹。据说这座楼是朱熹的十八代子孙朱宜伯设计督建的，当时是蘑菇形状，装修十分别致，但这仅仅是村人口中的描述，南阳楼只剩下石柱子。更喜欢的是在河边坐下，听河水淙淙流走，偶尔扔一块小石子，发出扑通一声响；或者丢向在屋檐下休憩的鸡群，把鸡群吓得一惊一乍；或者穿行在小巷里，体验那份清凉。只要愿意，在哪家的石门槛坐下，恍惚回到童年。寿山耸秀楼、观澜轩、留秀楼、茂桂园楼等等故事不少，随便在哪里坐下，或许就是坐在一段历史之上，随便在小巷里拍拍墙壁，说不定就惊醒些许历史风云。而桂岩书院、文峰斋书馆的书香，不经意间就在村里飘荡。

周末的时光，喜欢和林弋一起去爬山。福塘村和秀峰村连接的古道，时常留下我们的身影。古道从两个村庄近似直线距离的地方翻越山头而成，蜿蜒曲折，成了当时的交通要道。那地方原来只是一条从茅草丛中踏出来的小路，乡下到处可以看到的小路一般，人往来，各种牲畜也经过，没有什么神奇的地方。

　　古道有了历史的味道是因为明朝时秀峰村的游百万，这个从秀峰村走出去的从贩卖烟叶开始的生意人，因为聪慧和机缘凑巧，发财了。发财的游百万有了光宗耀祖的念头，就回秀峰村建了深庭大院。为了显示财大气粗的显赫，建造房子的石柱子是从当时的龙溪府购买而来，当时可没有船载车运，这些石柱子是用人工抬送到秀峰村的。曾经到游百万那豪宅寻探，只残余下几段石柱子，房子的其他踪迹了然无痕了。残余的石柱子寂寞地竖立在那里，成了哪家拴牛羊的工具。

　　当年为了抬送石柱子，游百万修了这条道路，也许是为了方便，也许出于公益事业心理，也许还是财大气粗的豪气，游百万在这条道路上全部铺上了条石。那时候，条石铺就的道路可和如今铺上水泥路面的道路一样，有着阔绰的舒适。路面不宽，也就两个人并排行走的宽度，可以想象当年十来个人抬着石柱子在这条道路上行走，还得稍微前后错身，把汗水和指挥节奏的号子声留在沿途的条石上。在山顶上，还修建了一个凉亭，小小的，但足以让行路人在这里歇息片刻，有风雨的时刻，还可以在凉亭中看风雨被拒于几步之外，感受到免于风雨之苦的暖意。相信当时对游百万的赞誉之辞一定如山风一样随处飘荡。

站在山顶的古道上，可以清晰地看到两个村庄。田野里蓬勃生长的庄稼，炊烟袅袅的村庄，劳作的农人，行走奔跑的牲畜无不在视线之内。古道时而清晰地出现，时而隐没进道路两旁旺盛葳蕤的茅草之中，如穿行在云层中的游龙一般。至于福塘村以"太极村"闻名，那是近几年的事情。据说站在山顶之上，可以看到一泓溪水成 S 形流入村中，正好是一条阴阳鱼的界限，将村庄南北分割成"太极两仪"，而溪北聚奎楼、溪南南阳楼分别位于"阴鱼"和"阳鱼"的鱼眼处，全村很像一个道家的阴阳太极图，太极村因此成名。

很久没有和林弋去爬福塘的山了。林弋在广州，城市喧嚣，或许他也很少想起福塘的椿臼面了。福塘村在我们的记忆中日渐模糊。曾利用周末时间特意跑到福塘村的阿堆椿臼面店，老板还是阿堆，店还是在那里，至少稍微扩大一点点。阿堆不再是年轻的小伙子了，当年很熟络的人如今已是陌生。看到阿堆提着一篮刚从地里采摘的空心菜进来，正要打招呼，他又走出去了。在他的眼中，我仅仅是一个吃面的人。岁月会抹去许多东西，即使是秀峰的古道也是湮没在杂草之中了，只留下若隐若现的痕迹，偶尔才会被人在茶余饭后闲聊时提起，也许很快就没有人再提起了，古道也就完全退隐出生活之外。

　　而福塘村，终将成为我的记忆。

永远的山重

徐 洁

山重，千百年来隐于深山，男耕女织，自给自足，闲适逍遥。

初识山重，是缘于它桃红、李白、油菜花黄，秀色可餐。

走进山重，是缘于它一千三百多年的皇皇历史、屹立千年的古樟树，还有那"飞流直下三千尺"的瀑布群、"赛大猪"独特的民俗以及鹅卵石古民居的强烈吸引。

山重，原名"三重"，取背三山，面三山，三水绕村之意，后因村庄位于大山深腹之中，山路崎岖，交通闭塞，恰应"山重水复"之意，又名"山重"，可谓名副其实。山重地处长泰县东北部崇山峻岭之中，东与厦门同安接壤，南与厦门集美相邻。

一个金灿灿的秋日，慕名前去造访。才入村

口，一座形如农家草垛，却又有蒙古草原风貌的石塔映入眼帘。据说，古塔兴建于宋代，村中贤达在村西出口处，建造了这座实心七层鹅卵石古塔，镇守村中财宝永驻。塔顶的八面石柱，上书"南无观音佛"等字样，于是又被认定为佛塔遗址。

关于佛塔，当地流传着一个美丽的传说：由于塔顶状如笔尖，能将笔投中塔尖者，日后必成国家栋梁，因之又名"文昌塔"。其间不难看出山重人重教兴学之殷殷情怀。

悠悠岁月，巍巍古塔，历经八百年风雨沧桑，忠实地守护着山重的富庶安宁、繁荣昌盛。这地标性建筑，犹如古山重的一个特殊符号，沉淀于山重人家园记忆的深处。

徜徉山重，可见上百岁的古樟成群，亭亭如盖，郁郁葱葱，枝繁叶茂，令人叹为观止，壮观、巍峨、挺拔等字眼在它们面前都显得苍白寡淡。最令人仰慕的是村中两棵千年古樟，一立一卧，分别位于村东村北，其中一棵据说已两千多岁，因风雨侵蚀内腹已被掏空，而空心的树洞竟可容纳二十余人。树皮在千年风霜中已龟裂，斑驳不堪，树身长满树瘤，形如家犬、鱼头、佛眼等状，惟妙惟肖，趣味盎然。树根蜿蜒虬劲，曝于地表，占满整个山头。2006年一场百年不遇的强台风肆虐山重，年迈的树王在狂风暴雨中轰然倒下，而倒地的躯干却如同嵯峨俊秀的树山，依旧巍然挺立，一枝弯曲的树条自然垂地，宛如"树门"，人们可从此出入，别有风情。

台风过后，人们纷纷来到树前，对倒卧的树心疼不已。两千多年的生命历程，树到底经历过多少次这样的摧打磨折？人们不得而知。让人感佩不已的是古樟非但生命无恙，身上居然寄生出一株青翠的榕树，古樟新榕相偎相依，蓬勃健壮，奇特温馨，一如善良包容、笑傲风霜、淳朴厚道的山重人。

历经磨难却倔强、喜乐地活着，古樟的精神折服了世人，古樟的丰姿倾倒了世人。如今，古樟成了游人蜂拥而至、慕名观赏的风景之地，是当地自然生态保护的一张金灿灿的名片。但山重的子孙们却会认真地告诉你，古樟在他们心中早已物我相融，它不只是树木，不只是风景，更是先祖的化身，是故乡温暖的怀抱，是童年嬉戏的天堂，是人生路上励志的导师，是母亲慈祥的笑脸和叮咛……

山重村先民与其他闽南民众一样敬畏神明、怀念祖德，他们认为，村无宗庙犹如鸟儿无林，村内分别建有薛氏家庙和林氏祖厝，古色古香，雕梁画栋，美轮美奂。据《长泰县志》记载，山重系开漳圣王陈元光的"行军总管使"薛武惠传人所建。薛公，河南光州固始县人，唐总章二年随岳父陈政入闽平乱，进驻山重，见此地山川秀美，土地肥沃，林海苍茫，鸟语花香，不由心中大喜，遂开基定居，繁衍生息。林姓则是于明嘉靖年间，由开基祖林汝华率众由长泰县积山村迁居而来，长泰状元林震便是林公林汝华堂兄弟之后。数百年来，林姓与薛姓荣辱与共，和谐相处，安居乐业，香火绵绵。

推开薛氏祖祠大门，我仿佛走进了千年古村悠久的历史长廊，仿佛触摸到了山重铿锵有力的历史脉搏。"薛氏家庙""百世瞻依""追远堂"

等牌匾，沧桑陈旧，朴实无华，字面气韵威严庄重，让人肃然起敬。正堂口有宋宝祐四年薛一正的"进士"、明清时期的"贡元"，以及近年来旅台族人回乡寻祖敬献的"敦亲睦族"等匾额，昭示薛氏文风昌盛、人才辈出的底蕴与豪气。薛氏宗祠正堂两壁高悬"忠""廉""孝""节"四大墨字，刚劲有力，据说是朱熹手笔，犹添几分风雅厚重。村中长者说，他们将其视为"族魂"，载入族谱。多少代了，山重的子孙没能走出这四个大字，这是传家的宝贝，他们会万世传承。

岁月悠悠，山重，多少年来让多少游子魂牵梦萦。三百多年前逃难到台湾高雄定居的薛玉晋，现子孙枝繁叶茂，分布台北、台南、高雄等地，有四万人之众。他们世代不忘祖地，将在高雄的开基定居之地以家乡"茄埕"冠名，至今薛氏族人的门楣均大书"长泰山重"字样，累累乡愁，借以释怀。

数年前在台薛氏传人薛清财，谨遵祖训回乡认祖归宗，心潮澎湃，热泪纵横。他将祖地史料影印回台，喃喃道："祖德宗功，不得忘怀。"他们多次捐资，修缮祖庙，修建乡村公路，建造"茄埕"公园，投身公益事业，聊表游子对家乡的赤诚之心。

山重村地处马洋溪上游，河道鹅卵石丰富，先人们就地取材，用于建造民居。村中有房屋上百间、小巷二十条，设计独特，布局巧妙，四通八达，形成优雅别致的鹅卵石村落。走进这里，仿佛掉进了梦幻般的鹅卵石世界，村中的墙壁、门埕、水井、水沟等建筑也无不取材于此。这体现了先人高超的建筑工艺和佑民护寨的智慧。它们千年以来历经兵燹、天灾，依然傲立于天地之间，向后人娓娓讲述古山重悠远的故事。

古巷深深，清新优雅，俊逸沧桑，常让人不由想起现代文学史上著名的《雨巷》。也许只有幽幽小巷知道，有多少多情的青年男子，流连徘徊于此，渴望逢上一位撑伞轻行、丁香般的姑娘，体验深情凝眸的浪漫风情。

"山重水复"的古山重，拥有绮丽壮观的寻梦谷、水帘洞和蔗下瀑布等"三瀑"，瀑流或飞银溅玉，或汹涌奔腾，或如白练凌空飘下，形态各异，蔚为壮观。瀑谷幽深险峻，花木繁茂，泉水潺潺，谷间彩蝶飞舞，宛如一群美貌少女在翩翩起舞、美煞人目。

始建于明嘉靖年间，明天启三年重修的孟宁堡，位于村中上洋社，属典型的明代石堡民居，有房八十四间，均用条石砌成，正方形样式，建筑风格与南靖土楼相近。大门备有防火攻的水槽，墙上设有攻击枪眼、瞭望角楼等，曾是山重人与倭寇拼杀的古战场。据史料记载，明嘉靖年间，倭寇入侵，铁骨铮铮的山重人奋起还击，与敌军血战，村民吴汝韬，子吴廷爵，侄吴廷乔、吴廷兰等人英勇捐躯。这拉开了全县人民抗倭斗争的序幕，极大鼓舞了全县军民，杀得倭寇尸横遍野、溃不成军，在长泰历史上写下了惊天地、泣鬼神、壮怀激烈的辉煌篇章。这段历史，村中无论男女老幼，尽人皆知。先祖的热血丹心、壮烈荣光，早已烙在心扉，滋养魂灵。

山重于明嘉靖年间曾汇"五庵"成一宫，建造精致典雅、有着燕尾双翅的昭灵宫，虔诚供奉保生大帝。宫庙内雕梁画栋，梁架间遍布石材浮雕、透雕、木雕等，技艺非凡，功力深厚，历经数百年历史风尘仍神韵斐然，是乡间保存完好、不可多得的珍贵文物，浓缩了山重村千年的文化精粹。

或许是应了"柳暗花明"的愿景，山重与花有缘。冬春时节，全县最大的万亩桃李梅种植基地，让山重满山遍野"姹紫嫣红开遍"。放眼望去，有误入仙境的恍惚和沉醉。只见云淡风轻，花木扶疏，梅桃争春，灿若锦霞，李花雪白，媚如仙姬，嫩黄嫩黄的油菜花，妖艳逼人。还有端庄秀雅的五色茶花以及许多叫不上名的山野芳菲，或花团锦簇，或枝叶蹁跹，挤满整个枝丫，争先恐后地向人们展示自己妩媚的风姿。空气中弥漫着泥土和花草特有的芬芳。

山重有福，有花为伴，花香入梦，必有幸福流转。

走访山重，有幸与从山重走出的薛、林两位先生闲聊。薛先生说，每当面对万亩花海，常回想起儿时为了肥沃农田而播种的大片紫云英来。

那美丽得无以名状的紫云英呵，紫得明艳，紫得温柔，紫得恰到好处，若再浅些则有失稀薄，再深些则显得黯然，让人叹服造物主调色的绝妙。那甜甜浅浅的紫，带给人的愉悦和感动，至今在心头萦绕。偶尔也会潜入梦乡，每当梦醒时分，便会静静地小坐一会儿，回味梦里故园……林先生感慨地说，他已是花甲之人，儿时村中的水车、石磨、风柜等各种农耕用具，村道悠闲溜达的小狗，墙根叽叽咕咕觅食的小鸡，古井边的小草，树丛中蛐蛐的吟唱，街巷老人唤儿回家吃饭的吆喝声，等等，竟然记得清清楚楚，想忘都忘不了。还有那鲜嫩得能滴出水来的山笋、芥菜，齿颊留香的咸肉炒米粉、猪肚砂仁、糯米糕、大铁锅锅巴，真是人间美味，想想都会陶醉……

两位先生的语调恬淡平缓，但遐思追怀的神情、眼眸中的莹莹亮光使我明白，乡情乡恋是游子共有的乡愁，珍藏在心海最柔软的角落，稍一触碰，思乡的潮水便会将整个身心淹没……

山重人都记得，每年正月初九是闽南民间敬拜天公的日子，也是山重人喜庆而盛大的"村节"。他们在正月初八就会隆重举办"赛大猪"活动。首先选出一位屠宰师傅,将候选的"天公猪"屠宰、上称、标出净重,然后按斤两决出前三名,夺冠者将享受"状元"之尊荣,嘴含金橘,耳插金花,身披红缎,脚系红绳,坐上八抬大轿,在喧闹的锣鼓声中,浩浩荡荡地到薛氏家庙祭拜"天公",祈求五谷丰登、六畜兴旺、好事连绵。

按风俗,村民获得喂养"天公猪"资格的机会均等,但非年年可为,而是由村里每年按相关规矩挑出十户饲养,因此通常几十年才轮到一回,甚至终生不遇,所以获得机会的村民会倍加珍惜,以"养大猪、保平安、庆丰收、争上游"为动力,精心喂养,力争夺冠。相传这一民俗已延续千年,颇具中原遗风,是开基先祖怀念故土、聊慰乡愁、努力生活的一种情感、精神寄托。

探寻古老的山重,发现在小村深处尚存明代古墓六座,其中保存最为完好的当属山重薛氏四世祖薛公崇璜大墓。其三合土结构,平面呈凤字形，墓手三级，墓埕三层，规模宏大，庄严肃穆。那优美的线条，似山重坚韧的历史血脉在汩汩流淌。

流年如风，薛公也许不知，其身后永居的洒洒堂皇之地，现不只是后世传人追怀先祖的一方圣地，更成为山外人寻幽怀古的一处风景。

据村中老人介绍，山重自古崇文尚武，善习"宋江阵"，又称"小工阵"，是融武术、舞蹈、杂技为一体的民间功夫，相传源自明嘉靖年间的抗倭斗争。村人仰慕梁山宋江"替天行道，忠义双全"的侠义精神，拜请台湾武师授技，冠名"宋江阵"，建馆立像，供奉宋江，集结练武，以求族人精诚团结、健体防匪，在保护村寨安宁上发挥了重要作用。

山重自古交通不便，有一条鹅卵石古驿道直达厦门灌口，虽蛇虫出没、崎岖难行，但却比到县城更为便捷，千百年来，是山重人与外界沟通的"丝绸之路"。人们通过它与山外贸易，用鲜嫩实在的山货换回休养生息所需的物品。据说，漳州史上唯一的状元林震，当年就是从这条羊肠小道意气风发地跨进森严的考场，赢得令长泰家乡父老骄傲的万世隆誉。

告别山重，已是暮色四合时分，有袅袅炊烟升起，古树下围奏八音的老者向我们挥手致意，暮归的孩童一路追逐嬉戏，充满朝气与活力，那甜甜的笑脸仿佛让我们看到古村蓬勃而美好的未来。

塘东的诱惑

张轩朝

秋高气爽，早晨的阳光热情地将塘东村口的绿色树林照得鲜润，仿佛要努力将这个秋季拉回到春天的蓬勃状态。两排绿树夹着一条笔直的水泥路向前延伸而去，四根巨大的水泥立柱组合成村入口大门，一个巨大的椭圆形黄色卵石上，"塘东"两个红色行书字特别醒目。阳光明媚，空气清新，鸟语花香，四处寂静，仿佛置身于仙境的入口。

从地图上看，塘东村位于晋江围头半岛的西南端。资料显示，村东、北两面是山，西、南两面为海。

塘东村的历史文化遗迹太多，第一次游览，可先游览西资岩石佛寺。

西资岩石佛寺位于塘东村东南的卓望山上。卓望山不高，车子几乎毫不费力地到达石佛寺门前的场地。宽阔的场地右侧有一个放生池，左、右各立一座石塔，除庙前的空地，四处树木森森，因其南面居高临海，拂面而来的风中稍带些许的咸味。石佛寺依山而建，左侧后方有一座小祠堂，祠堂门楣正中书"无能蔡先生祠"。据传因塘东人蔡鼎曾在此隐居，村人为纪念他而建。无能祠对面有一座小观易亭。往西过一小涧，嶙峋的山石间一座题有"白衣庵"的小庙，庙中有一座自然山石凿而成的坐鲤观音像。此地环境清幽，静可内省修炼，动可居高观览，未入寺内，单就外围环境，已是让人陶醉。

石佛寺为钢筋水泥仿木建筑架构，五开间二进单檐。前殿三门，大门冠头有联云"西佛千年来福地，资生万物洒慈心"，据说是清道光年间进士蔡德芳所题，中门楣额为"西资古地"四个楷字，据说为清光绪年间举人蔡谷仁手笔。从外表看，寺庙建筑并不雄伟壮观。进得寺内，立一神龛，正面供有弥勒佛，背后供韦驮菩萨，两庑供四大天王，西庑立有三座历代重修记事石碑，东庑嵌有清道光年间重修石碑，碑文为范学洙撰写。此等布局，乃多数寺庙常见，倒也不觉为奇。

进入大雄宝殿，一股历史与大自然和谐的气息迎面扑来。只见殿中神台后全为自然山石背景，三尊巨大的石佛像与山石融为一体，仿佛是从山石背景上自然长出的。三尊石佛并列，中间为阿弥陀佛，赤足立于莲座，身姿略前倾，螺髻发型，面丰耳大，目含慈祥，背部与山石连体，其造型活灵活现、动态可掬。阿弥陀佛之左的观音，则以拇指、无名指及小指持宝瓶，左手当胸作弹指状。阿弥陀佛右侧为大势至佛，其姿态衣着略同观音，神情稳重严肃，左手拈诀下垂，右手上举。大势至与观音足下的莲台略低于阿弥陀佛，三尊佛像头后就自然山石刻有圆形佛光及云彩纹，莲台下刻有海潮纹，足见其信徒以当地渔民为主。三尊石佛的造型、线描勾勒和结构布局显然不同于闽南其他地方的佛教塑像，赋有当时的文化、艺术审美的时代特性，具有很高的传承价值，可谓弥足珍贵。

在塘东村，有关石佛寺的传说有很多，但石

佛始于晚唐几乎是定论。石佛初为露天石佛，并无相应寺庙，后由塘东著名华侨蔡本油出资，就原山体建起了如今的石佛寺。

东蔡家庙位于塘东村旧街的中心位置，家庙两旁留有许多旧式店铺的门面。那些店铺，大多为泥墙或红砖瓦房，石门框，一些木板门经不住时光的侵蚀，已经腐烂。走在这条古老的村街上，仿佛置身20世纪30年代，每一块砖、每一片瓦，都有着无数塘东古人质朴而缄默的目光。

晋江自古流传着一句俗语："塘东奇，檗谷大，庄厝祠堂盖南门外。""塘东奇"即指东蔡家庙的建筑风格之奇特。东蔡家庙为典型的闽南风格，木石结构，现门口已用木栅栏护住，大门上方的黄色楷体"东蔡家庙"四个字，部分已经掉色。门廊两侧的木梁饰有各种花纹，看起来古旧中带着华丽，整体看去显得肃穆庄严、古色古香。特别是屋顶飞翘的屋檐，其上翘的弧度超出一般祖祠或家庙许多，线条优美，造型奇绝，具有强烈的动感，可谓天工巧夺、别具一格，是闽南建筑中难得一见的建筑造型。

东蔡家庙内开有天井五口，为晋南祠堂特色。梁枋间悬挂着"端明殿大学士""国师""都督""祖孙进士""良二千石"等二十五方朝廷封赠的古匾额。尽管不知这些匾额是否为后来仿制，但至少表明了蔡氏族裔历代人才辈出，给这栋建筑增加了不少人文价值。

东蔡家庙始建于明末，清初遭毁，清康熙五十一年重建，清末再度因火灾焚毁，至1912年，邑人再次于原址重建，并请来惠安建筑名匠，始成现在的样式。

塘东的进士第，是当地许多传统建筑中的另一道人文风景。建筑美学往往隐含着家族的道德秩序，这可以从蔡德芳以及蔡缵、蔡鼎兄弟等留下的进士第得到证实。蔡瓒曾任湖广长沙知府等职。明嘉靖二十年，全国官员绩考，蔡瓒名列第一，时泉州府以为荣，在其故居大门右侧立牌坊以示纪念，牌坊额书"辛丑部员"四个楷体大字，后村人将之称为"辕门角"。如今"辕门角"牌坊依旧，村民也依旧出入其间，可惜古人已没入历史烟云，只留下一座古老的建筑让人追忆。

蔡瓒、蔡鼎兄弟的故居，见厝如见其人，外形虽与普通的单层红砖青瓦祖厝相类似，但整体造型大气、做工精巧、不事奢靡，体现了主人身份的特殊性——藏气量于拙笨，隐浩瀚于简约，令人叹为观止。从蔡德芳进士弟和蔡瓒、蔡鼎进士第的古朴简易中透出了这些古代士人灿烂的品质。

此外，在塘东村的旧村街上，在那些由麻石铺就的巷道两旁，是一排排古老的红砖青瓦式传统民居。这些旧民居，有的始建于明清时期，有的则建于近代，并且各含故事、令人寻味。尽管村庄的外围有许多现代建筑，但古老的村庄模式依旧没变。在那些由麻石铺就的旧式村街上，石缝中时而可见一些绿色小草，带着塘东世代村民对未来的憧憬生长着。它们与古老的建筑群拥有相同的宗族记忆。无论后来的经济怎样发展，塘东人依然在这祖先留下的遗产中与时间一同坚守着一份传统的信念。

港澳台地区及东南亚的塘东裔民达两万人，

是塘东村现有常住人口的四倍以上。因此塘东人文景观，带着非常明显的侨文化痕迹。最明显的表现，就是塘东的番仔楼。

一是内外结构具有两种迥异的风格，一般是外表洋式，内部却是典型的闽南式；二是许多番仔楼突破了闽南旧式建筑的单层结构，多数为两层或以上；三是外表结构并无一定的固定式样，或仿哥特式建筑，或带有伊斯兰风格。其实，在早期闽南人的意识深处，对"番仔"是以排斥的心态对待的，这可以从"番仔楼"的命名感知。闽南华侨渴望对家园的皈依和恋乡情结从来就没有被掐断过。这是所有华侨一生中追求的生存母题，是他们因漂泊和被排斥而注定了的生命情结。他们企图用辉煌的建筑来掩盖漂泊所带来的内心创伤，内心深处却有着外来和本土相糅合的价值观。无疑，他们所携带的海外信息成为我国现代思潮发育的摇篮，同时也让国人旧有的审美意识有所改变。

比如蔡本油故居，其外表为两层式红砖建筑，廊前并列八个方形红砖立柱，方柱顶部呈拱形，正中大门两边的方柱顶为冠状顶的外形结构，带有明显的哥特式风格，却又在结构体系上进行了革命性的创新。整体追求直立雄伟的视觉效果，而内部结构却采用典型的闽南式布局，留着一大四小五个天井，窗户的石结构也与其他闽南建筑无异，只是将窗柱的材料由石材换成了钢筋。蔡本油是一位典型的爱国华侨，对家乡公益事业的贡献很大。他与西资岩石佛寺的传说，以及他本人发迹的由来，使他的故居具备了传奇性。

蔡尔慈的番仔楼除了廊坊间的拱顶采用罗马式风格，其伞形遮雨檐也独具匠心，而旁边的现代建筑和古民居相互衬托，显出一种跨时空、跨区域的风味，浓缩了塘东历史发展的各个过程，给人时空混乱的视觉审美特征，同时也成了塘东建筑的一大特色。

碉堡式建筑，是塘东作为对台前线留下的历史痕迹。防空洞是塘东前线战时躲避炮火留下的大型石构建筑，外形有些像长方形堡垒。碉堡式建筑，在战时曾作为解放军医院和躲避炮击的场所。在今天，却成了塘东人心中国家形象的符号，给村人的骨子里输了一种崇高的国家意识。这种国家意识影响了一代代塘东人。

塘东村民代代传承历史文化，骨子里葆有着先祖的所有特性。古老的祖厝文化既是祭坛，又是他们精神和肉体的家园。特别在村庄文化逐渐消失的今天，塘东的各种历史遗存，尤其值得现代人前往观赏，从中体味传统文化的魅力，对提高自己的文化素养大有裨益。

塘东除了有各式古建筑，还是一个风景优美、自然环境优越的海边渔村。在村西的海边，有一条长长的沙堤，斜斜地伸向海中。站在沙堤上远眺，对面的大、小金门岛隔海相望，白洋屿、南屿在大海中若隐若现，沙堤两边，候鸟成群。依山傍海的塘东村被这美不胜收的景色包围着。

能在高楼大厦和车水马龙的拥挤生活中一睹传统文化的魅力，实在是一种精神疗养。

南浔，有海的侯门

陈金土

　　都说侯门深似海，靖海侯施琅的侯门就在海边。

　　南浔村有海，有侯府。

　　靖海侯施琅出生于明清之交，他的故宅位于泉州府晋江县南浔村，日夜沐浴着天风海涛。

　　明末清初是一个风云际会的年代，九州激荡，四海翻腾。各种各样的力量为了问鼎中原这同一目标而进行着争斗，正邪忠奸登场与谢幕，荣辱毁誉交错穿插。旧、新的王朝与此起彼伏的各方力量在革故鼎新的岁月里发散着自己的军事实力和历史魅力。新生力量最终在大浪淘沙的历史烟尘中脱颖而出，占领史册的下一个巅峰，迸发王朝的光辉。在这个年代里，毓秀钟灵的泉山晋水英才辈出，如郑成功、施琅、李光地等，他们用家乡赋予的才智勇力和文韬武略装备了自己的头脑和身躯，指引着各自的人生轨迹，陆续登上历史舞台，烙刻可歌可泣的故事，在诡谲变幻的时代里，或者奋进不止，或者周旋不休，或者孤忠到底，或者顺应时势，成为家族史、地方史和中国史都必须记载的人物。

从平民到靖海侯的施琅就是其中的代表人物之一。施琅和他的子侄、族系，在海天相接的东南沿海，在晋江南浔古村，留下了史册内外的岁月风华和乡村意蕴。

施琅，字尊侯，号琢公，泉州府晋江县十七都南浔村人，年少家贫而勇力过人，曾是著名的海商集团领袖人物郑芝龙的部下。郑芝龙降清以后，施琅辗转投奔郑芝龙的儿子、民族英雄郑成功，不久因为捕杀亲兵曾德的事件与郑成功发生矛盾，引起郑成功误会，导致父、弟被杀，最终与郑氏集团彻底决裂。归顺清廷后，他历任清军副将、总兵、福建水师提督等。他担任清朝内大臣十三年，始终不忘统一台湾的大业，却因为曾经服务于郑氏集团的经历，未能够完全打消康熙皇帝由此对他产生的疑虑。直到清康熙二十二年，在著名清官、理学名臣李光地以身家作担保的极力推荐之下，施琅才得以奉旨专征台湾。他统率福建水师首先攻取澎湖，接着抓住有利的形势，宣示诚善的态度，主动积极地招抚郑氏集团，让郑氏集团放弃抵抗，减少兵灾之祸，进而可以对台岛不战而取。进入台湾后，施琅以国事为重，抛开父、弟被郑氏所杀的个人弥天仇恨，拜祭郑成功，对安定台湾军心、民心，保证受降诸项工作的顺利开展发挥了极其重要的作用。这体现了一名卓越军事家的优秀素养和家国情怀。他被康熙帝"加授靖海将军，封靖海侯，世袭罔替"。时隔三百多年，泉州、晋江一带仍然呼之为"施将军"。紧接着，在一片认为台湾无险可守应该把军民全部撤出而最终加以放弃的错误浪潮中，施琅站在维护国家统一和海防安全的高度，力排众议，六次向皇帝恳切上疏，认为"台湾虽为外岛，关四省要害，断不可弃"，力主保留宝岛台湾并屯兵戍守，为国家领土的完整和海防事业的发展做出了不朽的贡献。施琅病逝后，康熙帝诏令追赠太子少傅，赐谥"襄壮"，在一个月左右的时间里，连下三道慰问、追思的圣旨。

施世纶，字文贤，号浔江，清代著名清官，靖海侯施琅将军的次子，受父荫出任泰州知府，后因政绩斐然，先后任知府、按察使、顺天府尹、左副都御使、漕运总督、户部侍郎等，为官清正廉洁，办案聪敏果决，不畏豪门贵戚，清康熙二十八年，被表彰为"江南第一清官"，其匾悬挂在衙口施氏大宗祠内。后人以施世纶为原型创作的小说《施公案》流传于世，使其与古代著名的清官包拯、海瑞齐名。在泉州的母亲山——清源山一线天的出口处，至今留有石刻的施世纶诗句："曾枕清泉漱石时，老僧还指壁间诗。江山无改旧游寺，十四年来鬓有丝。"

施世骠，字文秉，号怡园，靖海侯施琅将军第六子，从小学文练武，年少英勇，十七岁时就随父平台而初建功勋。清康熙四十二年，皇帝南巡闽浙等地时，看到施世骠不但治军有方，而且注重儒学传播，弘扬教化于海角，深受打动，特地赐予御书"彰信敦礼"。施世骠后来因为军功而不断升迁，最后与他父亲一样担任福建水师提督一职。

南浔村矗起了有海的侯门，她用南国的海风孕育了施琅父子这样的文武英杰，又借助南国的海风，让施氏父子、族裔的事迹源远流长。

施琅收复台湾，因功封侯后，或者是出于富贵必须还乡的传统心理需求，或者是学习古代名将功成之后索求富贵作为掩护以求自保的做法，施将军和他的随征族人在故里兴建八座紧密相连的庞大官邸，俗称"府衙"。这时，南浔村的村落也已经渐成规模，周围三乡五里的居民都来靖海侯府的衙门口进行集市贸易。慢慢地，"衙口"作为集市名很快就被叫开。乡里因集市而闻名，以至于知道"南浔"这一乡名的人反而越来越少了。进入民国以后，在纵横交错的南浔街道上分布着百余家店铺和作坊，著名的商号有长顺、盛吉、瑞成、成益、活源、重美等十八家，号称"十八商行"。时人将衙口（今南浔村与衙口村）与安海、石狮、永宁（石狮、永宁旧皆属于晋江管辖）合称为晋江四大集市。1961年划分行政区域时，在龙湖镇区的东南部，以纵贯南北的街道为界将旧的"南浔村"分为两个行政村，人口万余人，面积近十平方千米，街东为"衙口"，街西复称"南浔"，两村人口、面积基本各半。其中南浔村兼有田头、灰窑、小埭、山前、桥头等五个相邻的自然村。不过南浔、衙口只存在行政上的区别，自古以来就不分彼此。

"靖海侯府"和浔海"施氏大宗祠"就都建在南浔村。

靖海侯府今辟为"施琅纪念馆"，建于清康熙二十六年，府门前是近万平方米的"侯府广场"，而近似于长方形的府邸则是一座五开间三进带东西护厝的硬山式砖木结构古大厝。侯府坐北朝南，大门上悬挂着黑底金字的"靖海侯府"木匾额，木匾额的两肩下分别悬挂着该馆与各级各类单位共建的铜牌等，大门处形成内凹的"塌寿"。侯府大大小小计有房间六十多个，却有九十九道门，被南浔人俗称为"九十九个门头"。中轴线上为"三落"大门、大厅和后寝。前落门面砌有在闽南古民居中少见的"青砖"，而每一进的地面都比前一进高一些，包含有"步步高升"的意思。墙体采用了闽南古厝常见的"出砖入石"的砌筑形式，但见条石与红砖混砌，石砖相互间隔，上下横竖，井然有序，形成鲜明的质地和色彩对比。

跨过门槛，一幅写着"勋德齐班马范曹"的匾额映入眼帘。该匾额意思是褒奖施琅的历史功绩与汉代的名将班超、马援，宋代的范仲淹、曹彬一样高。紧接着是一尊甲胄齐全的施将军石像，但见"将军"目光如炬，仿佛要穿透万顷海疆，左手按腿，右手叉腰，正在指挥万里征帆。石像之上是"忠勇性成"的御赐木匾。再往前，就是陈列馆，有关于施琅生平事迹的图片、典籍，有当年水师征战使用的大刀、长矛、铁炮等武器实物，使人好像回到了惊涛骇浪和金戈铁马的峥嵘岁月。

施氏大宗祠为五开间三进硬山式建筑，与毗邻的靖海侯府交相辉映，构成清代初年典型的闽南风格的官邸和宗祠建筑。施氏大宗祠始建于明崇祯十三年，以后几次毁、建。施琅在构建靖海侯府的同一年，开始重建浔海施氏大宗祠，其整体布局和大木架构、围护结构至今保存完好，呈现清初的面貌，是闽南宗祠建筑的代表之一。宗祠坐北朝南，由中轴线上一字纵向排开的照壁、前落（大门）、中落（厅堂）和后落（后寝）组成，规制宏大，雕琢精美。大门形成"塌寿"，架构采用"秤梁过廊"，大厅采用"五架上铜"，后落天井"见天见白"。该祠主要奉祀施氏始祖及其各世系之显贵者，最后一进专门奉祀施琅，有巨大的施琅金身塑像。施琅于清康熙二十八年特地撰写的《建祠告成碑》，如今还镶嵌在祠堂的墙壁之上，以资纪念。

在南浔村，还有很多古建筑、古墓葬，她们唱响了一个时代的繁华之歌，留住了一段乡村的历史记忆，并将之送进现代人的视听世界。南浔村的先人们，在清代的同治年间与光绪年间，继续蹈海乘风，去往台湾海峡的东岸，用智慧、勇力和汗水换回了矗立于家乡的十八座商行古大厝，如清代施至扇六兄弟用经商所得建起的四座雕梁画栋的长顺建筑群，为彰显一门两兄弟同时中举的荣耀而兴建的"竝玉山庄"，还有盛吉大厝、瑞成活源大厝、施纯乾宅。村中尚有因为敬老尊贤、孝顺父母而享誉乡里的"孝子家"，有福建现存唯一的满族宗祠闽台粘氏大宗祠，有定光庵、赤虾墓，有民国时期的"瑞兴"号商铺、九间口骑楼等。

有海的南浔村，有深如海的侯门，还飘逸着民间小吃的独特芬芳：有载誉两百年之久、经"八煮八晒"工艺制作而成的"衙口花生"；有最早是为了适用于渔民"讨海"生活，后来历几百年锤炼而成，吃式繁多的"芋圆"；有施琅大将军专征台岛时为解决随军干粮问题于无意之间发明的"绿豆饼"。这些无不包裹着岁月的烟尘，凝聚着海边渔村的味道，是与历史一起走向永久的美食。

南浔村，有限的空间，无限的岁月，有时梦回吹角连营，有时马作的卢飞快，有时无边光景一时新，有时牧童遥指杏花村。她生育了顶天立地的汉子，书写了叱咤风云的日子，建造了历久弥新的房子，诉说着一个充满传奇的村子。

南浔，有海的侯门，一个风雨无阻都要走向未来的名字！

会飞翔的闽南古民居

王忠智

我期待与一朵质朴的云彩一起飞翔。

渴望的思绪就如潜藏心底的一碧方塘，时常会泛起复沓的涟漪，挑逗得一颗心痒痒的。再次来到古民居，已是阳春三月，我缓缓走着，与古民居一起沐浴着春日暖阳。昂首湛蓝而澄明的天空，屋脊两端如燕展开高飞的翅膀，一面面红墙就像一片片红云拥簇在村庄上空，古老的精灵在翩舞，在翱翔。一不小心，我已走进古民居的魂魄，那感觉就像春天那样俏丽、那样迷人。

小时候妈妈讲过，越过故乡的梅花岭，那边有天底下最大的闽南古民居群，比天上玉皇大帝居住的地方只少半间呢。于是常会遐想，那里一定是天底下最大、最繁华、最富饶的村庄。

品读古民居，是从它的恢宏气势开始的。那清一色的红砖黛瓦，放眼望去，不知何处是尽头。听着蔡氏第六代传人以自豪的口吻娓娓道来，方知古民居占地四十多亩，东西通长两百多米，总建筑面积一万六千三百多平方米。一溜溜古民居就像一条动感的河流，河面上悠忽着历史烟云，时而拉近，时而拉长。你看，那红砖砌就的一面面红墙，总给人暖洋洋的感觉；从高处俯瞰，更像一面面远帆，从世纪航道深处驶来；那花岗岩石铺就的门埕，在阳光下闪闪烁烁，折射着建筑者智慧的灵光。

对于一个出生在闽南山村的农家孩子，那出砖入石、燕翅飞翔的古民居并不那么陌生。走近古民居，不禁为门前正墙的千姿百态的雕刻艺术唏嘘，只要是建筑材料，都会留下艺术的璀璨。你看那木质高浮雕戏文、山墙博风上的泥灰浮雕、檐前的金鱼滴水、石质影雕、覆莲式木雕垂花、辉绿岩高浮雕柱础、穿斗式木梁栋、镂雕石窗……仿佛世间一切灵动绝妙的花鸟佳木、奇珍异禽都在这古民居群中复活，在这原生态园中自由自在、共存共荣。

闽南有太多的能工巧匠，我以自己为一闽南

人而自豪!

至今，还传颂着"石粉换银粉"的故事。故事说的是那雕刻工匠精雕细琢，管家误以为有意怠工，工匠满腹委屈，就对管家说："那石粉可是我们艺匠镂下的心血，就是银子也不换呢。"是啊，艺术在能工巧匠眼中来不得丝毫半点马虎。

将书法、绘画艺术融入建筑艺术是古民居一大特色。在德棣厝，那屋脊堆三彩花鸟画为宅群中仅见，墨、彩、金、素，色彩斑斓。门廊下彩绘人物花鸟画，两侧分别嵌砖雕辅以少量泥塑组成一幅图文并茂的"挂屏"。从状元、榜眼、探花、进士到举人，不乏名家手笔，随处可见题词，篆、隶、行、楷、草，各具风姿。清末进士庄俊元的"得少佳处"，泉籍状元吴鲁"是有真宰，稳健为雄"，或飘逸俊秀，或气旷神凝，或豪情壮志，林林总总，仿佛一幅缓缓展开的古老山水画卷，又流淌着浓淡相宜的墨香。

建筑是一种创意，也是一种抒情，它反映了主人的高超境界、宽旷心怀和深情寄意。纵观古民居群，一色穿斗、招梁、通梁、圆光、束木、爪筒、斗拱，丰韵饱满；或作龙首，或为兽头，皆虎虎有生气。漫步古民居长街短巷，仿佛穿越了厚重的时空，历史在隐喻之外盘旋、眺望、逗留。那砖、那瓦、那脊、那墙、那门、那窗，在月夜里，在阳光下，在斜风细雨中，无不弹奏着一首首舒缓、激扬、高亢的交响乐，那是泉南子民顺应自然、改造自然、完美自然的长歌短调。

这时同行者中发出一声赞叹："我们的华人先辈到异国他乡，开疆拓土，集腋成裘，真是不易啊！"想当年许许多多唐山人，远涉重洋，从开设小铺子起，克勤克俭，方成伟业。

是的，泉南子弟就像一颗颗闪烁的金色种子，无论落到哪里都会与异域他邦和睦相处，融为一体，在那里生根、开花、结果，又将那里的优秀文化带回故里。古民居充分反映了罕见的文化包容性。昂望后花园门镂窗花造型，还有那些俯拾即是的各种雕艺，有南渡晋人的中原古文化，有伊斯兰风格，有印度佛教传统，有西方建筑与南洋建筑风格，无论鱼尾狮、金果，还是海象，都浑然一体地融汇在闽南成熟的建筑技艺中。

创业难，守业更难。

不可忽视的是中华传统儒家处世理念的根深蒂固和薪火相传。留存于建筑物上的，无论是诗、文，还是画，都与教诲后代的家训有关。独具匠心的《雅子四箴》从"视、听、言、动"四方面教子，以圣贤为楷模，寄寓先辈厚望。仿佛蔡资深高声朗读那言浅意深的家教诗篇，余音仍缭绕于各组建筑的厅堂。追寻蔡氏宗祠围墙的门廊上横匾书的"实事求是"，那是录汉代班固《汉书》句，反映蔡资深盼望儿孙后代能树立脚踏实地、务实求是的哲学观，也是其一生成就之总结。

古民居敞开中门迎接八方来客，展现给我们的是一座多么丰美、生动而又曼妙的闽南古建筑大观园。从古代到现代，从东方到西方，形形色色，历尽沧桑，但风采依然。一切无声又胜似有声，它们以各自独特的语言，向人们讲述那朝、那代，那海、那岛，那曾经辉煌过的历史。这种价值应该唤起现代人的醒悟，应该给现代人以启迪，应是每一个有良知的人所珍存的。

穿越世纪的烟云，阅读古民居，艺术的含义于我的脑海中泛起阵阵舒畅而美妙的激滟。思绪如燕，在古民居深处呢喃。

静谧佛岭慢时光

北　辰

碧水青山，鸟鸣虫唱，潺潺溪水绕芳田，错落老屋静守时光。在佛岭，几声人语，几层山峦，几次回眸，几多念念难忘。

在德化县中部略偏西南，在两旁杂花生树的佛岭头下了坡，进到一处群山环拥的小盆地。辖区叫国宝镇，而若是在白墙黑瓦的齐整大街上随便找个人问问，他会告诉你，这里就是佛岭。

你不禁诧异：佛岭，地理位置不是应该在一处岭上？此处是不是还应有佛？

然而你漫步的地方却是一个地道的村庄，目力所及，尽是传统村落弥漫出的底蕴与魅力，你不禁徜徉其间，时而惊诧，时而欣慰，诸多感慨，满怀歆羡。然而，大半圈转悠下来，老屋古堡看了，祖厝祠堂看了。佛呢？

你若继续追问，多半是讨不到一个满意答案

的，毕竟，你千里迢迢到此歇脚，总不至于只为寻觅佛的所在吧。

是，她的芳名有佛，难免叫人望文生义。可是，谁知道呢，历史上哪个聪明的脑袋灵光一现，跟世人开了一个无伤大雅的玩乐，明明是村却叫岭，即使无佛也称佛。然而，谁又知道呢，放眼出去，此处辖区包揽郭坂洋、东溪、筊杯桥、竹林坂、土田垄、下坑炉、佛岭头、龙口洋、下苦、深田、土田岭等，不经意串起来就成岭，不经意哪个村都有佛。谁说不是呢？人人心中都有佛，并非明眼见之方为佛，佛在心中矣。

老人家必会如数家珍，倘若你不依不饶地追问。从他们有限的记忆里，你能打捞出的点滴大意是这样：这里在民国至中华人民共和国成立以后很长一段时间，隶属邻乡，像个小兵蛋子似的几经折腾，一会儿分给哪个辖区，一会儿拨给哪个公社，了不起的时候一度浮出队伍头排，给了一顶盖帽叫佛岭人民公社。历史总是在风起云涌之余抛给你几个可供玩味的背影，当公社的时代远走消失，所谓的喧嚣热闹，几十年也不过瞬息记忆，佛岭复归为村，复归于自己。

多好啊，甭管叫什么名，做自己才是最好的。像今天一样，敞着心怀等你来，乡风野趣任你采，一杯淡茶，几怀思绪，你已在佛岭柔软的时光里，不由自主地，浅唱，徘徊。

脚程允许的话，不妨跟朋友登上路边高地，那里曾是一处中学所在，占据此地最佳位置，你站在那俯瞰全镇。嗬，你赫然发现，佛岭的芸芸众生就在脚下。

最先落入眼帘的，必然是全镇白墙黑瓦的"戴云小筑"。门户沿街齐整对望，各家瓦檐高低错落，间杂浓淡相宜的色彩，于青山怀抱之中，自成典雅质朴风光。据说，冬天最冷的时候，哪怕不下雪，霜花必是要凝聚在各家屋顶的，你一眼望下去，怕不要太惊艳了！还得赶早，朝阳才上山头的光景，你刷着牙，漱口的那一瞬，你就惊住了，底下的佛岭村半梦半醒，白墙黑瓦铺白霜，依稀炊烟好比谁捏细的梦，心头一收，不敢声张，只能小心揣着，自己回味。

朋友这一说，叫人不由心动。没见着也无

妨，四季任一时令，你来佛岭，佛岭必定不会叫你失望而归。估计你会在盛夏时节，跟着熙熙攘攘的人群来，也正是时候，佛岭的荷花如今名动四方，方圆几百里无人不知。来得巧时，荷花正盛，满塘荷叶，碧波如锦，亭亭荷枝，仙气袭人。你后来才发现，佛岭人把生活污水艺术处理了，引到这一处沉水植物氧化塘里，活脱脱让大地捧如一袭荷花裙。

若是没赶上荷花季，那也不要紧，春秋时节的佛岭也特别魅惑人，包你深醉其间不舍离去。樱花、睡莲、映山红、枫叶、紫薇等花树轮回，再有绵绵如缎的竹海、厚实密织的森林、清冽欢快的溪流、橙绿相间的田野、苍老古朴的民居，分明是佛岭随季令换上的一袭袭华彩衣裙，随你一眼望去，村在田里，田在林边，林在村中，怎叫人不迷不醉呢？

但凡人们到一个地方，看一看，听一听，记一记，现在还拍一拍，最后能带走多少值得一再回味的呢？这里的声音、这里的气息是你带不走的，但你能带走回忆。

不管你来不来，她始终在那里——等。

如今的佛岭村，当你漫步其间，你所见到的百年古厝龙楼堂、龙池堂、福美堂等，它们脱胎于历史烟云，身披久远年代的苍凉，以特色古厝的身姿沿溪而立，构成古村的"民居长廊"。

据统计，全村百年以上的古厝多达六十七座，它们沿袭中原河流文明，兼收中国传统民间文化和西方建筑艺术，自成闽南传统古厝之风，星罗棋布分守在佛岭村庄各处角落，宁静古朴，隐透苍凉，与岩前瀑布、云龙宫、云龙谷景区、抗倭古堡等知名景点浑然一体，构成佛岭的一派古韵奇风，吸引无数都市人纷至沓来。

每个地方或多或少都会有些故事，不过是远近罢了。佛岭也不例外，她的往事之悠远复杂足够演绎成厚重的小说。当你细细寻觅，在古厝的雕梁画栋、圆柱方砖、拱门石阶、微尘光影里去揣摩，去猜测，远年景象依稀可辨，破空而来。

据说，宋景炎二年，佛岭村始祖为躲避元人屠杀，率族人从仙游古濑迁至此地定居，从此开枝散叶。此地多为叶姓，历史不无隐喻啊。

在全县上百座土楼寨堡中，坐落于佛岭村云龙谷景区内的明代抗倭古堡不容忽视。当你蜿蜒于村陌，古堡檐影隐约可见，一望已然满眼沧桑。石垒土墙荒草葱茏，石砌城门爬满藤蔓，四方宽阔的草地之上，几座木结构的两层阁楼紧紧相拥，容颜虽已衰颓，根骨依旧坚强，斑驳残躯仍在诉说着明清时期的往事。当地叶氏后人说，古堡也叫"水尾寨"，是叶氏先祖为防御匪患，抵抗倭寇而建。相传石堡不但成功抵御了倭寇的进攻，在历史上还多次防御了土匪，是抗倭与抗匪文化的代表。

你能想象吗？冷兵器时代里，你在石堡内偷眼望见外面的倭寇或匪徒，心里得多感谢这厚实高大的土石围墙啊。

还得说说佛岭村的明星古厝——福美堂。你一猜即中，这名字就寓意美好，是一处华侨旧居，土木结构更显古朴宜人，却处处透着中西合璧的痕迹与智慧。原主人叶乃矧生于晚清，为生计所迫于幼年时跟随亲戚漂洋过海下南洋谋生，历经多年的艰苦奋斗终创大业。心系家乡的他，对桑梓公益不遗余力，全力向广大华侨宣传抗日救亡事宜。于今，老屋几经修缮，风光依旧，令后人不忘先祖情怀。

佛岭村，深闺静谧的时光里，从不缺乏动人的故事，就看你能从中撷取几何了。

到佛岭，日子一时慢了。

在新铺设的沿溪景观带上，村民们或悠闲散步，或搬只小凳坐在溪边垂钓，时间俨然慢成风景。他们笑呵呵地告诉你，村里新装的大水车真漂亮。拐个弯找个农家小店，一碗柴火烧的竹笋饭加一盆青苦菜熬小肠汤，准保能把你馋坏啰；一会儿土鸡、土鸭、土猪肉一上桌，你定要大呼：这日子美的，是人过的吗?!

到佛岭，必定要到云龙谷漫步。青山绿水、翠竹鲜花，分明世外桃源。仿古栈道依山凿石，迂回曲折，引你越往深处漫步，越觉原始幽静，不禁松筋怡神，暂离尘嚣，惬意之情油然而生。

倒是听得朋友一番感慨。高处的校园多年前已空，只因村镇人口大量进城，学龄孩子大多随迁而去。越来越多的村子人去楼空，学校更不待言，只是固守在岁月静谧深处。朋友说，最热闹时，校园里有一千多名师生，课间的喧闹是镇上一大景观，和着镇街圩集时四面八方来客的沸腾景象，一度是全镇的日常盛况。

而如今，学校改成了实践基地，偶尔县城学校的孩子来闹腾，竟勾得镇上人们津津乐道。在宁静的岁月里安守的原住人家，特别是老人们，他们能不有念想吗？

仿佛穿透历史洪流，你依稀看到自己的昔年光景，一样的脚步，一样的身影，背井离乡，随洪流涌向远方。为了某种追求，你在远方落脚，在远方安家，却时时被一种乡愁攫住心腔。难得今日在佛岭回溯一番过往，却原来，人世大抵如此。

据说近年村里农家旅游项目大好，果然吸引不少人们回乡。说到底，哪里也比不上在家门口能安居乐业，再把来此寻觅乡愁、感念旧时光和沐浴乡野气息的远客们诱惑入骨，感动到心，佛岭的日子岂不美得千金不换？

相信我，静谧佛岭等着你呢，等你来过慢时光！

后龙溪漫笔

唐　戈

后龙溪是霍童溪在屏南境内的一条支流，溪边一座漂亮的老村子，因溪得名，亦称"后龙溪"，又称"后龙"。

龙无所谓前后。不过，村里人习惯于口耳相传，不耐烦于文字记载，后世写起村名来，往往疏于考究，随意一写，就确定下来了。后龙溪在此处进入一个狭长的田垄由西向东流去。房子依山而建，沿溪北岸排列。溪流在村尾被一条南北走向的小山脉阻挡，拐了个九十度的弯。

清道光二十七年，村民集资在村尾修了座木拱廊桥锁紧水口，取名"龙津桥"，又称"玉锁桥""溪尾桥"。桥东建夫人庙和五显大帝庙镇之，周围古木参天、浓荫蔽日。其情形正如清中期村中一秀才撰诗所云："山环水转疑无路，隐隐虹桥跨水滨。两岸绿阴村树合，行人到此尚迷津。"

　　长久以来，后龙溪浇灌着后龙村数千亩良田，滋养后龙溪流域一代又一代的村民，护佑着周边的富庶与平安。三百多年前，后龙村拓基祖夫妇二人在此拓荒定居，他们从溪里捡起卵石，砌起墙基，建起第一座房子。一代一代的后龙溪人延续着祖先的做法：抬溪石砌墙，捡卵石铺路。一座座房子立根河边，一条条村巷蜿蜒山坡，发展至今成就一个近千人口的村庄。为防雨季溪水暴涨，河边房子卵石墙基砌得很高，不规则而圆滑的卵石在石匠们的巧手下变"危若垒卵"为坚如磐石，承载着高耸厚实的黄土墙，严严实实地守护着一家一户或忙碌或闲适的日子。

　　溪有村而漾生机，村有溪而结灵气。三百多户同宗人家，挤在垄边坡上，炊烟交错，鸡犬相闻，生活平静而安详。村巷狭窄、陡峭、曲折、幽深，岁月的蚀刻、脚板的踩踏，把卵石路面磨成一面面镜子，映照着现时的悲欢离合，记载着历史的沧海桑田。村中也能找到几座白墙黑瓦的大房子，走近了看，如许多旧时财主厝一样，雕梁画栋，两门当四户对，有的门口还遗留旗杆夹、拴马石。一门一户，一石一土，仍然折射着当年家族的兴盛与豪华。

村尾处一座立着旗杆的老房子，大厅堆满了落满灰尘的旧农具，几只鸡鸭在悠闲地踱着方步，一个佝偻着腰、满脸皱纹的老人坐在门墩上抽烟。据老人说，他的曾祖考取过举人，并当过大官，因此建下了这座房子。为旌表其读圣贤书的勤奋和成绩，官府批准他们祖上在房子前面立下了最能显示家族荣誉的旗杆。在他的指引下，果然，我们看到在杂乱且光线暗淡的厅头，悬挂着一幅着清朝官服的遗像，这就是他的曾祖父，据说官至知府。谷深垄狭的后龙村，确实有过不凡的圣贤过化和繁荣富庶。

原先后龙溪水量充足，千万年来奔流不息。后来工业发展了，清澈的后龙溪水渐渐变浊了。再后来，上下游都修了水库，建了电站，溪水被引导着，穿过山洞，拐过乡村往别处走了，被流水掩盖千年的河床袒露它的骨骼，满床质感鲜明的河石在阳光下熠熠发亮。后龙溪在后龙村处干涸了，后龙溪从原来养育一村人变成造福一方人。

为了改善村民居住环境，当地政府在县城边辟出了一块安置地，让后龙溪村民整体搬迁至城关安居。从一山谷小垄一步跃升而成城里人，能安居的地方就是家乡，这是年轻人内心所期望的吧，原来就到城市谋生的人更是正中下怀。老年人则心生不舍，他们认为，能经常入梦的地方才是故乡。

三千年沧海，四千年桑田。此时此地，这条龙在这里衰了；彼时彼地，这条龙又新生、复兴了。2014 年，后龙入选中国传统村落名录，传统村落保护与发展工作得到高度重视。后龙村浴火重生，指日可待。

待到秋风满村庄

陈曼远

　　离屏南县城八千米的地方，有一个乡村叫厦地。厦地不大，现在只有一百多常住人口。可你知道吗？这个小小的村子，曾经是屏南四大书乡之一。你想到这个古老的村子去看看吗？请跟我来，秋阳正暖，我愿意陪你走一趟。

　　厦，原为房屋之义，那么把村子命名为厦地，应该含有筑室的吉祥地之意。但"下"是"厦"的谐音，不知者又会疑心是地势的缘由，因为村子位于公路往下三十米左右的山坳。顺着层层往下的石阶，可见些许村庄的轮廓。但你若想细看，还需放慢步子，走进村中的巷陌，踩着青色的石板路，感受着墙角青苔散发的潮湿气息，才能领略那些古老的光阴，以及埋藏在光阴背后的故事。

　　厦地肇基于元代，传说与黄牛的启示有关。

有一年冬天，郑氏先祖不见了一公二母三头黄牛。梦里一位长须老翁，带着他找到一个低低的山坳，当时周围的山头均被大雪覆盖，唯剩一处黝黑。那里隐约传来牛哞之声，循声而去，发现一块高四米多的巨石之下，丢失的黄牛静静地卧在地上，另有三只刚产下的小牛犊安然地躺在它们的身边。次日，沿梦境去寻，一切竟与梦中所见无异，于是这位先人认定，这里必是绵延子嗣、繁衍宗枝的宝地。

或许只是偶然的巧合，又或许当真暗藏玄机，但如果你细心找寻，你会惊叹于先人的慧眼。厦地村四周环绕八座浑圆小山，仿若仙人的坐垫，中间为一片开阔之地，传说八仙常到此下棋。这八仙下棋的宝地，冬不积雪，夏无水患，堪称山水福地。

在这片依山傍水的土地上，厦地人把村子建成完美的宜居之园。村民依山势建屋，层层叠落，又临水而居。一条小溪如玉带环绕于村东，在水尾与北边溪流汇合后，折向西去。村民感激当年的巨石庇护了黄牛，于是在巨石之下的平坦之地建立了郑氏宗祠，并以宗祠为中心向左右两翼发展。村里东南西北皆有古道通向邻村，且各有路亭供往来的行人休息。村口还设有城门。在公路开通之前，村里的住民有一百二十多户、七八百人，且是前往许多村子的必经之路，算是一个交通便利、人气较旺的村子。村子的四个方向分别设有车山公神坛、九子菩萨殿、齐天大圣殿、陈大奶宫、林公殿，村水尾还有马仙宫和平水大王殿。

勤劳的村民，在这片土地上春种秋收，将日子过得殷实。他们用汗水经营着生活，也热爱生活。在劳作之余，厦地人还用民间俚语，以歌谣的形式来表达爱情和劳动，于是，有了今天平讲戏在这儿的传承。而文化，更成为衣食温饱解决之后的向往。于是，"朝为田舍郎，暮登天子堂"成为读书人对积极人生的理想追求。村中为鼓励读书，集资办起了书院，又于是，"耕而不忘读"成为当地一贯的家风。

书院遗址前，一位白发苍苍的老人听我问起"四大书乡"来历，执着拐杖要带我去看曾经名噪一时的旗杆厝。立旗杆碣，是我国古代用来体现取得功名的一种形式。这座已近荒废的房屋前面，立于清道光年间的石杆碣仍在，上面清晰可见主人的功名和姓名："岁贡郑熙春"。身边的老人告诉我，别看岁贡的功名不算高，此处的名堂却不小。原来，在此屋旁边还有一座完好的宅邸，为郑熙春之子郑霖济所建。这郑霖济是当时的举人，而他的三个儿子分别又是文魁、岁贡和拔贡。在这小小的村子里，能够三代考取功名，的确是相当稀奇之事。

取得功名的郑氏子孙，或于近处实现平生抱负，或远离故土去报效更广阔的河山。但，一个人无论曾经多么风光，走得多远，灵魂的皈依之处，或许只有一个小小的故乡。清代在江西任职的粮官郑登庸，临终前就叮嘱后人，一定要将他埋葬于故乡厦地村。想必，这位半生远在他乡的郑氏子孙，年年明月夜，都被或浓或淡的乡愁困扰过。不然，又怎么会那样渴望重返故乡！

星移斗转，世换时移。一条宽阔的公路在三十米之上的村头穿过。受城市化的影响，村里的许多年轻人到各省的大城市打工，部分村民因子女就学，不得不搬到八千米之外的县城，也有的迁到公路边上建房盖屋。古村的人丁日渐凋零，如今，常住的只剩百来号人。村里的小学已经撤点，空旷的校园再无朗朗书声。邻近的村子也大都新开了公路，村边的古道因少有人走而逐渐荒芜，只剩道上的长亭与碑石仍在荒草中见证着岁月的变迁。

此时村前的晒谷场上，几位头戴草帽的大娘正躬着身，拿着长长的木耙时不时地翻一翻竹垫上的稻谷。而另一些已把粮食收到仓里的女人，则落得清闲，只拿了针线坐在门槛上边聊天，边织着毛衣。午后的光阴就在她们的针线里，这样缓缓地流淌。

沿着村东的溪流走到水尾，可见一片开阔的良田。收割过的稻田露出胡茬一样齐整的稻秆，而未割下的那些依旧沉甸甸地弯着腰。打谷机旁是手脚忙碌的老农，还有几个帮忙干活的孩子，不停地走来走去。村庄就在不远处，站在田埂上，可以看到层层往上的房屋，马头墙上翘翘的飞檐伸向澄明的天空。几棵老柿树上，柿子初红，叶未尽。单单这样，就已是一幅天成的古村秋收图了。更不用说，不久之后，秋霜会覆盖马头墙上的黑瓦，柿树上的叶子会全掉光，枝头上那些柿子也会更加红艳……难怪热爱摄影的各地朋友会不辞辛苦，从四处赶来，拍下古村"绿满山原白满川"的春天，"日长篱落无人过，唯有蜻蜓蛱蝶飞"的夏日，以及一幅幅古朴又明艳的秋天柿子图，将岁月与自然融合的美留在身边，也留给世间所有爱美的人们。

天色渐晚，我跟随一群晚归的白鹅在村中的巷子里行走。这些快乐的精灵，天一亮就踱着蹒跚的步子，到河里玩耍，天黑了回家。它们才懒得理会世界如何变换，单是古村悠长的小巷与浅浅的溪流，就足够它们痴迷一生。一条鹅卵石铺就的小路，通往山冈上的房屋，屋后是青翠的竹林，屋前的篱笆下，白鹅们停下了步子，主人备好的食物正等着它们。土墙边横着的竹竿上，晒好的衣服将会被收好，屋里的灯火将会亮起来，村庄的夜晚就这样不知不觉地来临。

突然想起在省城打拼的堂弟不久前和我说，想结束城里的生意，找个安静的村子，盖几间屋，养几只鸡鸭，种点菜，就这样缓慢地度过后半生。这原是多么朴素的愿望，可听起来又似乎会被笑为荒唐。我们几辈人拼却半生气力，抛弃了村庄，甚至以村庄为土为耻，到头来却发现，原来它是那么美。这，算不算冥冥之中的一种轮回？

"炊烟在新建的住房上飘荡，小河在美丽的村庄旁流淌……"这是歌词里唱的乡村之美，但美的歌声是否就能留住美？有人曾预言，中国未来三十年，乡村将成为奢侈品。我们无法断定三十年后会怎样，但这种说法还是令人喜悦的，它至少提醒我们去珍惜乡村，去挽留记忆。因为有时候，我们的确很担心那些轰隆的挖掘机，乘我们转身的刹那，就把这一切夷为平地。是的，再回头，或许它们已不在。记忆一夜之间被强行挖空了，却没有人告诉你我，失去记忆之后，我们将走向何方。而我多么希望，这样古朴的村落，在年年秋风满村庄时，无论我来或不来，它的美都始终会在这里，不伤不灭。

有香味的村庄

苏　云

　　这个村庄有味，故以"芳院"为名，字芬院，号方圆，位于屏邑西部，离城四十余里。此地居高临下，四周青山点点，天高云淡，风光无限，但地僻路险、民生维艰，究其原因，就两字：缺水。如果站在村南的笔架山北眺，村子就如一个精致的鸟巢，挂在山腰上，而那水势丰沛的路下溪，就从山脚悄然流过。难怪一位喜欢高空摄像的朋友，指着遥控飞行器传来的图像惊叫，这简直就是一个鸟村！褒也好，贬也罢，但这一朗朗上口的外号却在圈子里慢慢传开了。

　　芳院正名从何而来，现已无从考证了。我的一位文友，初闻此名时，望文生义，连连追问：该不会是一座庭院吧。要么，就是一座寺院！他猜得不错，芳院之名兴许还真跟一座寺院有关。据传在很久以前，屏南西部的灵峰尖下曾有座寺院，叫啥名啥没人说得清，总之，可以确定的是，该院在本地村北又建了一个寺院，这院不住和尚，只有尼姑，人们叫它"分院"。后来，寺院没了，留下"庵坪"这个地名，而分院也没人叫了，此地成了"芳院"。

也许，正由于有了这段特殊的来历，芳院人的心里从此好像总堵着点什么，时不时会发作一下。尤其是那些上了年纪的老人家，遇到不顺心的事时，总习惯从这里找原因。比如 20 世纪 80 年代后，人口外流，村庄日渐萧条。老人们就想：芳院，芳院，听起来像荒凉寺院。寺院这种地方，怎么能人丁兴旺呢！要扭转颓势，非改名不可。改什么好呢？大家翻经查典，研究了很久，最终定下"方圆"二字。天方地圆，既大气祥瑞，又富含哲理。更巧的是，在方言中，芳院与方圆两者读音一样，连改口都免了。耶！老人们信心强、劲头大，说干就干。首先，把小学校名"芳院"涂成"方圆"。接着再上书县里，恳求改更村名为"方圆"。

现在，就是在屏南，谈起传统村落，人们脱

口而出的，除了北村，不是漈头，就是漈下，至于芳院，知晓的人少之又少。当然，这怪不得别人，谁叫你不懂得开发与宣传呢？其实，相比别人，芳院也有悠久的历史、独特的文化。换句话说，芳院村也曾风光过，值得一看。

与村名一样，村子始建于何时，史上没有确切的记载。最早的记录是元至正七年，穆山公从古田县唐宦村入赘本村陈四公长女财娘，为芳院村李氏始祖。四百年后，黄氏迁入，从此两姓融合，开创了一个新时代。

纵观芳院历史，虽然两姓勤勉有加，但除了人丁兴旺外，其他方面乏善可陈。以李氏为例，祖上当过皇帝（西凉李暠），中过状元（唐朝李海），可谓名人辈出、宗风显赫。可迁居芳院后，几百年间，读书的，只出过廪生，为官的，没高过县令，其中一个原因，就是经济一向不好。据李氏族谱记载，始祖穆山公刚到芳院时，"家无石粮，地无一锥"。一年后，穆山公头戴斗笠，身穿蓑衣回唐宦村祭祖，其他子孙"背袍戴顶，见公穷状，逐遗墓下，无从再进"。读后令人心酸。

贫穷并不可怕，怕的是失去拼劲和志向。面对困境，芳院人没有沉沦，一部分人选择了坚守，他们做曲酿酒、种竹造纸……想方设法改善生计；另一部分人则忍痛收拾行囊，背井离乡，去开创新的天地。从 20 世纪 20 年代下南洋起，芳院人就没停止过前行的脚步。这些从同一个巢里飞出的鸟儿，已在海内外多处择枝筑巢，繁衍子孙。据粗略统计，这些飞出的鸟儿及其后代，其总数已是本村的十余倍，以马来西亚为例，总人口超过千人。虽说飞鸟难归，但他们心系故里，为家乡建设做出了巨大的贡献，村道、祠堂、学校……处处都有游子们捐助的身影，芳院村成了芬芳闻名的侨村，香味弥漫屏南各地。

也许，芳院其实就是一个鸟巢。鸟儿们长大了，自然四处纷飞，这是好事。那日渐空寂的旧巢，其实正是兴旺的见证，对此，我们不必过于伤悲，只要无愧于它，心中有爱就足够了。身为一只飞出的鸟儿，伤感欣慰之余，作此文，以示怀念。

走进寿山村　走近乱弹戏

李家咏

　　看看寿山是一直的心愿。

　　走近乱弹是现在的工作。

　　寿山，重峦叠嶂，奇峰突兀，树茂林密，秀水潺潺，三百多户人家的村子就隐在群山的一个小小褶皱间。山成了村子的护卫，成了村子的灵气。据地质专家推论，寿山为火山喷发形成的盆地，村周围的"笔架"逸书香，"龙伞""双狮"颂太平，"金钟"送福，"鲤鱼"跃龙门，蝙蝠洞，天柱岩等独特的自然景观均是古火山的杰作。

　　寿山始建于明初，始祖隋时南迁入闽，辗转至观树兜（今寿山）开荒造田，结寮而居。它作为屏南与蕉城、周宁三县（区）的交界，连接内陆与沿海的古驿道横穿境内，中原文明、海洋文明在这里交汇、扎根，留下过许多优秀的传统文化遗产。

走进寿山，难得的是一种心灵的漫步。置身于如此原生态的自然中，让心中有一股原始的激情在荡漾，周身氤氲着大自然最本质、最真切的淳朴与和谐，人性最初始的光辉在这里展现得淋漓尽致。因为山重水复的自然屏障阻碍着寿山人与外界的接触，也因为群山遮挡着外界过多的纷争与侵扰，才使得如"琥珀"一样美，像"活化石"一样迷人的古老戏种乱弹戏被完好地"包裹"在这深邃的历史隧道里，让我们今天才有幸地走进它，欣赏它，记录它，整理它。

乱弹戏是一种非常古老的曲种，唱腔、做功与国粹京剧类似，音乐节奏多变，旋律起伏大，唱腔高亢悠远。它是被国务院公布为首批全国非物质文化遗产的"北路戏"的前身。

清道光十年左右，寿山村以苏兆岁为班主，聘请闽、浙、赣三省的名演员，在寿山村创立"三省福"乱弹戏班。这是寿山人第一次创办乱弹戏班，也是屏南最早的乱弹戏班。20世纪60年代，寿山乱弹戏曾盛极一时，"文革"期间与其他戏曲同时被禁演，80 年代后逐渐退出戏曲舞台。就在人们渐渐淡忘乱弹戏的日子里，寿山人以自己最真挚的热情让这一福建古老剧种延续了下来，为中国戏曲的保存与发展立下了汗马功劳。

在我们采访这些健在的乱弹戏老人时，好几次经过寿山村子边上如今仍然保存完好的茶盐古道。蹬着古道石阶一级级往上，与天的距离就一点点地接近。当你走了半天以为就要到顶时，路却还延伸到你的视线外。当年挑夫来去匆匆的脚步踩出了岁月的印痕，历史的沧桑便烙在了盐茶古道上，和乱弹戏一样成为今天寿山一道靓丽的景致。

那天，我们在村老人会，见到杉木板搭就的简易戏台上，十几名年龄在七八十岁左右的老人正聚集一起演唱乱弹戏。他们的认真、他们的投入、他们的洒脱和他们的快乐都让人崇敬又羡慕。

老人会会长告诉我们，乱弹戏的传统剧目多而杂，相传早期有一百多个，其中一部分常演的代表性剧目可以概括为"五缘""六配""九阁""十三带"等。由于乱弹戏剧目的丰富，屏南特色戏种平讲戏就曾经改唱过乱弹戏剧目。它的"官"腔和平讲戏的"土"腔结合，剧目混演，又被观众称为"平讲假乱弹，琴哨乱对弹"。乱弹戏同时又生发闽剧"江湖"这一支流声腔，对闽剧的形成也产生过重要影响。

传承人中年龄最大的是苏享傍，他是寿山乱弹戏第三代传人苏永子之子，1947年参加创办"群英剧团"，任剧团团长并兼演净角。今天已经九十二岁高龄的他在台上仍然身轻步盈，开口唱戏字正腔圆。比他小十二岁的苏子明，也是1947年参加的"群英剧团"，任乐队主胡，他现在仍能很清楚地记住所有演过的剧本的唱词、唱腔、曲调等等。在县广电局录制《五代同堂》剧目时，他的唱腔、唱功让所有在场的人惊奇和钦佩。

我想，正因为有了一批像苏享傍、苏子明这样热爱乱弹戏的老人们的坚韧、执着，实践着对于民间传统文化的热爱，用心呵护着我们共有的精神文化遗产，才使得具有两百多年历史的乱弹戏这一古老剧种在寿山这么原汁原味地保存着、延续着。

除了这些立足于草根的乱弹爱好者们，寿山已经有了"屏南乱弹戏培训基地"，有一批七十多人的中小学生正在接受培训，其中二十多人已经可以参加剧本的演出，让人欣慰地看到了濒临失传的乱弹艺术得以再显魅力，重焕生机。

在几天的调研中，我们接触过的这些唱乱弹戏的人都透着一种山野的淳朴与真诚。山的凝重，山的沉稳，练就了山里人特有的胸怀和气度，处在他们中间有一种毋须戒备的轻松与自然。我们很羡慕山里的人情世故，很眷恋日出而作，日落而息，一杯粗茶、一碗淡饭、一曲乱弹的恬淡悠闲。我想，不管我们生活的都市如何繁华，生活的时间如何长久，我们骨子里烙印着的山的印痕是难以失却的。我想，人类崇尚大自然是一种自然，返璞归真是一种必然，我们最终都是要回到大自然中去的。

有意思的是，我们在深入调研乱弹戏时，还

意外地听到一种奇特的语言。这种语言，当地称为"八音哨"，是音韵学的本土化与创新，它利用音韵的反切的原理，以两个土话单词的声母、韵母拼合出一个单词读音，但又不同于反切的顺序，而是颠倒配置。据说八音哨是明朝中叶戚继光在东南沿海组织戚家军抗倭时，为了军事的需要，使用的一种独特的发音方式。它类似于暗语的约定，如"屏南"发成"零丁兰心"，听起来流畅自然，但却半句不懂。

寿山除了"八音哨"，还有一种被称为"鸟语"的口语艺术，清末由苏永彻等人独创。它是将土话语音配上"鸟"的韵母而形成的变音，听来另有一番韵味。

寿山僻在一隅，关山阻隔，使得这些奇秀景观和人文逸事养在深闺少人知。但也许就是因为寿山自身的偏僻，才完好地保留着乱弹戏这样的戏剧精华，才让我们享受到原汁原味的乱弹戏。但愿开放的春风使更多的山外人知道寿山，进入寿山，欣赏寿山原生态的乱弹戏，欣赏寿山原生态自然的美丽，享受寿山原生态自然的快乐。

七彩渔村映海天

欣　桐

斗魁村位于苏澳镇最北端，东与平原镇毗邻，西与福清市隔海相望，南临海坛海峡，北与大练岛隔海对峙。这个小村落，被七座奇特的山峦围绕，当地人把这七座山称为金山、银山、燕山、对面山、出芦山、葫芦山、大石斗山。这七座山如同"北斗七星阵"，斗魁村村名起源于此。村头还有一座鼎鼎有名的庙宇"斗兴寺"，传说庙宇的名字也是因这七座山而得名。

走进位于村头的斗兴寺，正在重建的斗兴寺还没有完全竣工，但从外观上看已是十分华丽壮观，雕梁画栋和飞檐立柱兼有传统与现代手法。走进庙里，叽叽喳喳的鸟鸣声从房顶传来，蓝色的天空衬着飞檐上的龙头雕饰，栩栩如生。

同行的台湾作家感慨，在台湾也比较少见这样规模的庙宇，那木柱子上的雕龙画凤，工艺十分精巧，给渔村加分不少。

绕过斗魁村头，眼前就是一片蓝色的大海。海滩近处，是一艘艘靠港的小渔船，各种色彩的渔船系缆于小小的港口，如同一幅油画铺展开来。

门前蓝蓝海，屋后青青山。穿行于错落有致、不断翻新的小渔村，艺术家们发现斗魁村就是一幅底蕴十足、风景宜人的渔村版画。

平潭最具盛名的风景——半洋石帆就在苏澳看沃村，距离斗魁村不远……

站在当地人推荐的观赏点上，青山、村落、渔港、海湾一览无余，民居高低错落，共同形成了一道层次分明、错落有致的优美渔村风景。

在一座约有百年历史的石头厝前，老人正刚刚做完"鱼粘"，这是平潭当地的一种食物，就是把鱼与地瓜粉裹了，煮成鱼汤。"你们拍这老厝啊，赶紧进来呷口汤。"老厝的主人，用平潭土话热情地招呼我们。

老人独居在一个大院子里，他的儿子在村头。他说一个人住，自由自在，想吃点啥就煮啥。院子收拾得干干净净，晾衣绳上晒着衣服，看得出来，这是一个勤快的老人。

谈话间，隔壁的阿姆进来。原来，阿姆想要借石臼，为的是捶打制作当地传统小吃的地瓜皮。阿姆端着水盆洗石臼，等着家里的后生仔来捶打地瓜皮。

在镜头前，两位老人露出会心的笑，那皱纹里的笑容简单真切，透着对生活的热度。

说到这老厝五彩斑斓的石头，老人说，早年村子里建房子都去海滩前捡石头，各种形状的石头都拿来堆砌房屋，而这些石头经过海水浸泡，加上阳光的照晒，天长日久就成了彩色的了。

徜徉在村子里，艺术家们在老厝前摆着各种姿势拍照，惹得许多村民围观。在他们眼中极为普通的石头厝，在外地人看来每一座都是艺术品。行走间，时不时见到一两只土狗在墙角根晒太阳。其实，村子里的石厝大多已经废弃，少有人居住，能见到的大都是织渔网的老人家。他们守候着村子，守候着一份乡情，守候那如同候鸟般的儿孙们。

远远的有渔船归来。在斗魁村，海运和养殖依然是主业，虽然近海捕不到大鱼了，但是这个季节却能捕到螃蟹和虾蛄等海产品。平潭当地的"盘诗"说："伊是水上讨渔婆，母女二人下江海。天晴是侬好日子，拍风逃雨没奈何。伊今使力来拔篷，一篷能转八面风。篷转风顺船驶进，看着前面好地方……"

这些渔歌调子似乎提醒我们这里曾经是繁华的渔村。

苏澳镇海岸线曲折蜿蜒，形成许多天然澳口，较大的有苏澳、钟门下澳、看澳等。苏澳是天然避风港。宋嘉祐四年，设巡检司，或驻于钟门，或驻于苏澳，管理海上过往船只，出海巡防。宋绍兴年间，苏澳与松林、南日并称"三寨"。现设有苏澳航管站，为平潭至福清海口和长乐松下的客货船起点站，又是县内班车的一个终点站，也是全县渔、农业生产的重要转运站。

斗魁村位于苏澳港边上，村里人都以渔为主，海上运输业发达，自古就是海上贸易集散地。据民国《平潭县志·方舆纪要》载，苏澳、钟门、连街自宋初就与外地通商，渐成集市，被称为"船舶三都会"，"入口以柴米为大宗，出口以鱼盐为大宗"。

而现今，在平潭开放开发的大背景下，连接福平铁路的公铁大桥就在斗魁村北边的苏澳港区旁建设着。"公铁大桥从斗魁村旁穿过，以后去福州可以在家门口坐车，真是不可思议的事情。"村子里的人望着正在建设的公铁大桥津津乐道。

而当天边的云锦般的云彩慢慢退去之时，作家们站在村口频频回首，村道上一株刺桐花开出一束大红的花朵，耀眼地在一树深深浅浅的绿叶里红艳着。

窄窄长长的石头小巷两旁，是依山而建、层层叠叠的石头厝村落。看着看着，忽然发现，要寻找的风景其实就在眼前，大不必远走天涯……

晚唱渔歌海上归

余 素

> 东海讨鱼哟，浪涛涛
>
> 我会盘诗哟，你还未学
>
> 今日我一首，拂过去
>
> 敢你眼泪哟，洒洒落

一首旧时平潭盘诗渔歌唱出了流水镇东美村的文化特色。这个始于明代的村子，至今已有六百余年的历史，曾是平潭最早的渔市古街之一，是远近闻名的渔家商埠和海防要塞。

东美村，早前又名"东尾村"，位于流水镇东海仙境旁，依山面港，与苏澳港口曾经一度是平潭最为繁华的地方。而散落在岛礁港湾、厝后庭前、茶余饭后的渔家文化，如同一坛历经岁月的家酿酒，持久弥香。

走进东美村，这个小小的村落沿山而筑，依山临海，一座座石头厝梯级而建，村巷蜿蜒曲折。

站在东海仙境的停车场上，当地领导指着眼前的港口介绍，这个港口当地人称为"南澳"，在明代就是有名渔港。根据《平潭县志》记载，明代时流水镇的湾头街，也就是流水镇东海村（东海村是行政村，包括了东美村、下厝场村、平园顶村、三对排村四个自然村）是十分繁华的渔市。

另据县志记载，位于流水镇东美村北、王爷山南的湾底澳上，曾经挖掘出一座明代渔市街道遗址，1985年考古学家调查时，采集有红陶筒瓦、片瓦、石制网坠，以及缸、钵、罐、炉、碗、碟等残片。

谈话间，走到村子港口边，渔民们正在忙着修补渔网、编织地笼，为出海捕鱼做足准备。织梭，拉线，结绳，割线，一气呵成。在劳作的渔民们中间，渔妇方美钦包着鲜艳的头巾，显得十分抢眼。她正在修补一张渔网，只见她用渔线在渔网边沿反复交叉编织，新网和旧网就被连接起来。方美钦说，织渔网是按天算钱。"虽然工钱挺可观，可要从早上六点半一直织到下午五点半，一天下来也是腰酸背痛。"

而今年六十六岁的东美村老渔民高桂松，不仅会织渔网，还会制作梭子。他说，做梭子并不难，关键是要闽北山区的麻竹，竹子要干透，把竹子对剖开，手中的镰刀要对准刻划，因为竹子面会滑，所以手上要有力气。高桂松手中的镰刀锃亮，刀锋薄薄，显得十分锋利。一年三百六十五天，他有两百多天都在港口织补渔网。以前他也当过船老大，现在年纪大了，只能做些手工活了。

除了织补渔网，方美钦与高桂松一样，也会编织新的渔网。高桂松说，加工渔网的过程就像裁缝师做衣服，要根据客户要求的尺寸进行编织。"渔线都是老板买的，我们只负责编织。织渔网时，几个人坐在一起聊着天，相比出海捕鱼，这种手工活还是比较轻松。"高桂松说。

说到东尾村名字的来历，当地领导说："东尾村位于平潭海坛岛最靠东边的位置，平潭话'尾'就是最边缘的意思，而平潭话的'尾'和

'美'是同音，因而拥有两个有趣的村名。"

走进村子里，几座别具特色的石头厝静静地立着，墙体是古早的乱石砌法。来到村子中间一座废弃的石头厝前，当地领导说，当年日本人第一次侵犯南澳港时，这座石屋就是抗日据点，旁边有几座房子都被烧毁了。据《平潭县志》记载，1937年第一艘日本战舰来到南澳，东尾村的房子被烧了三座。1938年日本人的大炮挺进来，盘踞在崎头山，就是东美村后面的一座山。1943年，日本人再次从外海侵入南澳。1945年3月，日本派了六艘军舰入侵南澳，被战士与渔民们打得抱头鼠窜，成为平潭抗日史中一段传奇。

炮火硝烟早已在历史的进程中飘散，现在东美村成为许多背包客摄影采风之地。在东海仙境景区门口摆设鱼货的村民高桂富，主要经营墨鱼干、海蛎干、蛏干等干货。他得意地举起两只大大的墨鱼干说，这都是村子里的渔船捕捞回来晒干的，是原生态的干货。"马上就要迎来旅游旺季了，去年最好时一天能卖几千元的干货！"高桂富在摊子前眉飞色舞，店里的女人吆喝道：

"又吹牛吧！让人家笑话！"这就是渔村人朴实率真的一面。

在一户老厝前，今年八十二岁的施守玉阿嬷，还在用风箱土灶煮饭。谈及自己住的两间老房子，她说，可能盖了四十余年，当年只花了一两千元就盖起来了。"那时我还年轻，还在仙人井旁边的山上帮忙捡石头，用箩筐挑回来。"施守玉说，她生了八个孩子，三个唐部团（平潭话，男孩子），五个诸娘仔（平潭话，女孩子）。

行走在村子里，像这样健康矍铄的老人真不少，年纪八旬不仅能自己煮饭，甚至还能剥鱼干做些手工活，守着简单的日子，几百年来成了渔家人的生活常态。

一户人家门口的一棵木瓜树硕果累累，三角梅映着木门前的春联，上面有一个很具文艺气息的联句："瑞日芝兰光甲第，春风棠棣振家声"。而在另一户人家的门楣上写着："春花消息寒梅报，芳草萌芽细雨催"。两副春联，不经意间道出了渔家人的愿景。

彩霞缀满了天空，海面上金光璀璨，石堤前

一个老阿嬷在喂小孙孙吃饭。这样的场景多像一首渔光曲：

> 云儿飘在海空
>
> 鱼儿藏在水中
>
> 早晨太阳里晒渔网
>
> 迎面吹过来大海风
>
> 潮水升，浪花涌
>
> 渔船儿飘飘各西东
>
> 轻撒网，紧拉绳……

东美村村民高木顺，脸庞黝黑的他，一看就是渔家人，从船员做到船长，再到自己买船捕鱼，可以说是地地道道的讨海人。他告诉笔者，他家的渔船是整个家族一起凑钱购买的，一艘约三十吨的渔船，成本高，但是如果行情好，遇到丰收，几年就能回本。

见高木顺戴着粗粗的金链子，问他是不是赚了不少钱。他有些不好意思地说，去年天景好，螃蟹丰收，出海一趟能捕三十几筐的螃蟹，一筐五十斤，收入还可以。

高木顺说，每次出海回来除了要织补渔网，

还要修理铁锚。放在港口前面的一排锚，就是出海拉网放到海里的铁家伙。"这个铁锚一次出海要使用二十多张百米长的渔网，通过两艘渔船拉开网沉入深海中，形成一个拦网，把鱼赶入网内，通过两艘船围拢拉网，平潭话也叫'围罾仔'。"

当地领导说，东美村在20世纪90年代，渔业十分发达，村里大马力的渔船有六十几艘。村子里的渔民们靠捕鱼赚了不少钱，家家户户建起了大厝，不少村民在城里也买上了新房，日子和和美美。他家的渔船明天也要趁着好天气出海了，因为5月1日后就是休渔期了，就剩下半个多月的时间，要好好再捕几网，不然就要等到7月15日开渔。

说到出海捕鱼，当地领导说，现在国家一年有十几万的柴油补助，减轻了一些负担，但是还是比较吃紧，像每次出海归来的修缮，一个铁锚就要修理几百元。但他还是愿意在这里生活，"当了一辈子的渔民，离不开渔村了，住在村子里空气好，海鲜新鲜，每天码头前都有小船靠港，随便拢几条鱼、几只虾就是一顿海鲜大餐。"

　　离开山美村时，落霞满天，随手写了几句诗："夕阳西下了/我默默地站在船头等你/这个时刻/我会心有灵犀/知道你的归期/每天哟，每一次的等候/在渔舟唱晚的歌声里……"

山门村的历史面纱

蓝波儿

平潭流水镇的传统村落——位于君山后的山门前村（又名"山门村"），这座有着七百年历史的古老村落，散落着无数的珍宝：层层叠叠、依山傍海的石头古厝，明代布衣侠士林杨告御状的传奇，村民操练藤牌操抗击倭寇的故事，最为神奇的是村子里还有因抗击倭寇被奉为女神的"半山妈"……走入这个古老的村落，如果你有时间停下来听老人讲古，那是三天三夜也讲不完。

山门前村的古老石头厝群，多次印刻进游人的镜头，历经了无数风雨，养育了一代又一代平潭人。如今，石屋静静地伫立在山间，高挑的封火墙仿佛像是跳跃音符，给远道的人们诉说着当年的故事。

2014 年岁末，笔者带着远道而来的作家朋友们走进山门前村，海南的诗人燕影一直梦想着要到石头厝里拍照，这次终于如愿以偿。山门前村的石头厝全是用火成岩垒成，小小村落全是墨黑的石头以乱石堆砌的方法筑成一堵堵墙。林杨纪念馆前有一条幽深的小径，两边是已有些年份的石头厝。一群作家诗人兴奋不已，倚在矮墙上要拍照，一只鸡走过也要拍一下，还跟吃草的老牛合影……

冬天的暖阳下，石头厝前坐满了晒太阳的老人们，门口还有两个依姆在织渔网。林姓阿姆虽是在劳作，却仍把头发梳理得整整齐齐，发髻戴着绢花，还有各色的塑料夹子，成了古厝前又一道风情。

在一座无人住的老厝前面，有一个石头砌成的窗户，走到窗户后面探出头来，如同一个天然的镜框。平潭旅游局的小林姑娘，虽是土生土长的当地人，但见识了作家们在村子里千种姿态、万种风情地摆拍后感慨，这些石头老房子，在外地人眼中是货真价实的艺术品。

台湾诗人古月是第二次来平潭，因为特别喜

欢石头厝，这次特地从海峡那边飞来，到山门前村与朋友们相聚。"上次来平潭，没有在石头厝里留影，这次能圆这个梦，真的很高兴。平潭很像马祖和金门，硬山顶式屋顶、火山墙，还有那织渔网都一模一样。我特别喜欢平潭这些老旧房子，传统的手艺都还保留着，像刚才一户人家门口大黄鱼的石刻，家家户户院子外晒的鱼干、地瓜干。真的，很美。在这里待上一天，如同回到了童年的梦境里。"古月是这样感触。

"山门前村的位置非常好，位于君山南麓，挡住了东北风。"当地村民林学防说，"君山是平潭最高峰，海拔四百三十五米。平潭的大风主要从东北方向来，山南山北的植被大不一样，山南植被茂盛，山北树木很少。村前是海湾，出海打鱼很方便。"

村庄选址好，是因为村民的祖先来得早。村部的戏台边，几位老人正在补网，八十七岁的林学先告诉记者，村里都姓林，是明初林杨的后裔。林杨是真实的历史人物，《平潭县志》的"人物传"就是以他开篇的。

站在林杨纪念祠前眺望，山门前村的石头厝尽在眼底，层层叠叠，宛如一幅素雅的水墨画。多数石头厝极其简单，只是方方正正的一座两层小楼房，人字坡屋顶，没有风雨檐，灰瓦上压着一排排碎石块。少数几座房屋，把两侧的山墙筑高，塑成马鞍形或多重曲线的封火墙，一看就是典型的闽东风格，与福清四扇厝、福州三坊七巷的马鞍墙相似。

这样的意境，就如平潭本土诗人岚岛所写：

在小渔村，午后如此平旷

……

风从海道上寂寞地吹着

鱼篓的背后，时光逐渐隐藏

我仍然可以听到礁石

拔节长大的声响以及

海岸的窃窃私语

到了山门前村，除了到石头厝里留影，还要到林杨纪念馆去瞻仰这一位布衣侠士。

话说明朝初年，我国沿海倭寇横行，特别是广东、福建沿海一带更是倭寇成患。朝廷实行消极抗倭政策，对福建、浙江、广东等省的海岛居民实行"迁界"内陆的政策。一时间，诸多岛屿成了无人荒岛，连平潭这样的大岛都不能幸免。

据《平潭县志》记载，明洪武二十年农历六月初十，海坛全岛居民被迫焚屋拆基，渡海内迁，死伤无数。居民内迁后，家毁田荒，而各种赋税仍照额征收，全部落在那些幸存的内迁户身上，所谓"生者代死者之纳，存者代亡者之偿"。百姓处在"十死而无一生，十亡而无一存"的悲惨局面。当时海坛岛居民林杨目睹内迁户的悲惨处境，极为愤慨，草就千余字的《奏蠲虚税疏》，并亲自赴京告御状。

"想想看，平潭人迁到福清去了，平潭和福清两地都要交税，都说古代苛捐杂税猛于虎，这样的情况下，林杨走上了去南京告御状的漫长道路。"林学防说道。然而一个布衣想告御状，谈何容易！林杨进京后，不但没有见到皇帝的面，而且被一些大臣以"抗粮"的莫须有罪名投进了监狱。这一关就是十八年，皇帝都换了三个。在此期间，林杨家财散尽，其母因为悲伤至极，卧床不起，林杨的弟弟探监时因病惨死路上。林杨直到六十二岁时，才被释放。朝廷有意邀请林杨为官，林杨却不想涉入黑暗的官场，婉言拒绝。明宣德元年明宣宗登基后，终于采纳了林杨的建议，豁免了闽、浙、粤三省"迁界"岛民的赋税。林杨告御状终于有了一个结果，尽管为了这个结果付出了惨痛的代价。

我们走进 2013 年由林氏一族修缮一新的林杨纪念祠。林杨塑像立在院子中间，四周挂满了历代褒赞林杨的牌匾。在林杨上疏的原文牌匾前，家住山门前村的村民林学防说，林杨算是他们的先祖，重修纪念祠是为了缅怀先辈一心为公的精神，让后人能够传承学习祖先之德。

现在纪念祠内，不仅存有明代宰相叶向高撰写的《独行传》，还挂着叶向高亲自题写"韦布回天"的牌匾。福清人民还在海口镇建造了一座"韦布回天坊"以作纪念。清乾隆年间的翰林院编修林昂题联曰："谏疏恩三省，文章冠十闽"。

"2013 年底，林杨的故事被平潭著名编剧、田汉戏剧奖获得者吴金泰编成闽剧搬上了舞台，就在村委戏台上演，连演了三天三夜。通过戏剧的表演，更多的人知道了山门前的故事。这不仅是对林杨个人的怀念，也是对一心为公的精神的传承，也推动山门前村的旅游。"平潭旅游民俗研究者薛理琪说。

暮色渐起，有炊烟袅袅升起，聊天的老人家也散了。到晚饭时间了，山门前村还延续着旧时的生活习惯，日出而作，日落而息。左右乡邻都是熟悉的人，各家各户都把小桌子摆在门口，端着一碗饭坐在门槛上，边吃边聊。或许，聊的都是些零星的小事情。可是，生活不就是如此吗？在这个村子里，你可以回到生活的原态——发发呆，唱唱歌，照照相，喝点酒，放松自己……

说到山门前村的"半山妈"，村民林学光带我们来到林杨纪念祠旁边的一座宫庙——大王宫。

林学光老人说，旧时在渔村关于女性的规矩繁多，但是这个"半山妈夫人"能进祠堂，是有一段传奇故事。

当日，在村民林学光的带领下，我们走进大

王宫。这座坐东北向西南的宫庙，后靠林杨祠堂，右临聪房祖堂，全石结构。门墙装饰彩色瓷砖，石子铺的院子。殿堂分主殿、偏殿，各有三座神龛。

林学光介绍说，大王宫原为梅公宅，明嘉靖初年改为宫庙，清乾隆五十五年八月中秋重建，并建偏殿元帅宫，直到1944年复修。"我小的时候，每到初一、十五都有许多香客来祭拜。听我父亲说，那时每到正月元宵节都会在村委前的操场上表演藤牌操，祭拜半山妈。现在我们看到的庙宇是1984年筹资重修的，重塑申帝爷、半山妈夫人、文武元帅神像……"

说到半山妈夫人为何坐立于大王宫，林学光指着庙里神龛上的塑像说："相传明嘉靖年间，倭寇频繁窜犯海岛，山门村民在一位隐居半山顶上的女将军带领下，两次奇兵制胜，杀得来犯者死伤过半，仓皇溃逃。这位女将被尊称为'半山妈夫人'，村民立庙纪念，所以我们村的大王宫供着'半山妈'的神像。"林学光说，"或许这只是一个民间传说，但后来在山门村盛行的藤牌操队伍中就有女将，这从另一侧面证实了'半山妈'的故事。"

说到山门村民为抗御倭寇侵扰，操练藤牌，《平潭县志》记载山门村人曾特聘水师守营教头为师，武功、舞技渐渐精进娴熟。至民国时期，每当传统节庆、寺庙活动和农闲季节，都能见到藤牌操表演，气势不凡，虎虎生威，总能博得喝彩叫好。

2010年，山门前藤牌操第二代传人林宜祥老人，不顾八十一岁高龄，亲自动员了第四代藤牌手林宜建、林其元等人，并抽调年轻男女村民四十余人，重新组织第五代藤牌手的演练培训，并参加了多次县汇演，引起轰动。林宜祥老人，为了挖掘、推广沉寂二十几年的藤牌操，不顾年事已高，指导队员苦练了几个月，终于在中国共产党成立九十周年之际再展山门前藤牌操雄风。头顶蓝天，眼观碧海，藤牌操手展示出"一字长蛇"的阵法，再一变"二龙出水"，翻一个筋斗后转变为"五虎下山"等阵法。

来自浙江的游客林先生看到这么精彩的表

演，兴奋之情溢于言表："浙江也有藤牌操，阵法相似，但是表演队伍里没有女将，看到平潭的藤牌操觉得很特别！"

沿着村前的小溪往村子里行走，一路上有鸡鸭悠闲地觅食，还有谁家的院子里挂满百香果的藤蔓，一户人家的屋顶上有炊烟袅袅……刚过完年，每户人家的门上都贴着喜庆的春联，有的写"一年四季行好运，八方财宝进家门"，有的写"春满人间百花吐艳，福临小院四季常安"，横批都是"家兴业旺"。老百姓的日子就是守着一个家，家兴才能业旺吧。

错落有致的石头厝，虽然有些屋子只剩残垣断壁，可是一座破院落的门楣上方居然写着"海阔天高"的字样，几只羊在院落里与陌生人对望，咩咩地叫……这个初春的午后，在山门前村慢慢腾腾地行走，何尝不是一种幸福的寻找。那么，亲爱的朋友，趁春意正浓、春光正好、春花正开的时节，也到村子里晃荡吧！

海边奇石住人家

谢师强　杨　国

　　浮岚暖翠，岩礁啸，探碑屿，可见农家耕作，可听燕雀呢喃，清晨看日出，傍晚听涛声……这就是岚岛的传统村落青观顶村。这里虽不如江南水乡秀丽，却有着依山傍海的天然气势、石头厝群落的古朴气息，更有山顶神庙、"一片瓦"的传说。站在高处，海蚀地貌和坛南湾的沙滩尽收眼底，颇有"日照磷光闪，霞起早潮翻"的意境。

　　青观顶村，位于福建省平潭综合实验区敖东镇，从地图上看它处于平潭麒麟岛的后蹄。村落形成于清代，古厝大都集中在村落的南部，保存完好。现在村里最主要的两座古厝是距今已有三百多年历史的林姓故居。

　　在土生土长的青观顶人看来，村里每一个地方，都值得细细去讲古。青观顶整个村子的布局并不是块状或团状的，而是沿着村子里的一条蜿蜒的路分布，每处岔路，都有村民的房子分布。当地居民说，如果出海捕鱼在海上远远地看，会发现房子有的分布在山顶，有的在山腰，有的则在山脚，而连通这些房子的一条路就像一条龙一样富有生气地盘在山间。

一路走，一路看，视野不断开阔，沿途还看到村里的老伯放牛归来。靠近东边山上的一处空地，大海尽收眼底。这也许就是人们所说的"清晨看日出，傍晚听涛声"的农渔生活。

青观顶村靠近海边，海蚀地貌在村子里展现得淋漓尽致，可见各种奇石。在这些石头之中，还流传着一些村里人代代相传的动人传说。

盲肠小道在眼前铺开，眼前一块神似瓦片的巨石横在石头厝之间的空地上，上面的石刻因年岁已久，早已看不清内容。

原先青观顶只是作为耕地，并没有人家住。古时，在东边山脚下的大福村有一户人家，里面有林氏三兄弟，老大作为长子，霸占了祖上分配下来的家业，而老二和老三则无房可住、无田可耕。一气之下，老二和老三决定跟大哥分道扬镳，搬到山上来，在这块大石头下住了下来，后来就发展成为现在的青观顶自然村。

仔细触摸这块石头上的纹理，顿感沧桑，这正是青观顶村从无到有的见证。

不同于其他用火成岩建造的石头厝，青观顶村的石头厝大都由花岗岩建成，所以这里的古厝色调统一，整体上给人洁净明丽之感。村里的古厝大都是较为少见的"六扇厝"结构，即房屋是一厅四房的布局。还有一种是更为少见的"三道厝"结构，这种布局实际上将整座房屋分成前房、中院、后房，在从前只有大户人家才住得了这样的房子。

传承历史的不光是这些石厝，还有祖祖辈辈生活在这的人们。村里多数的年轻人都搬到县城住了，而留在这些古厝中的老人们大都已近鲐背之年。别看这些老人上了年纪，他们身子骨却很硬朗，闲暇间也常坐在厅堂前编织渔网。

在青观顶，东边山的"一片瓦"与将军山连成一脉，组成海坛国家重点风景名胜区——青观顶风景区，区内以丘陵石景、岬角海湾、寺庙建筑为主要景观特色，主景点"一片瓦"地势险要，山上林木葱茏，怪岩裸露，三面临海，波涛浩瀚，还是平潭旧时十景之一。

"一片瓦"地处东边山山腰，始建于明洪武十三年，实际上是先人们在一块巨石下因势而建的石庙。"一片瓦"前有一口石井，传说是铁拐李路过这里时留下的。

东边的一座庙宇边上，就是青观顶山上最具代表性的庙宇——东边山龙岩寺，传说是清代所建。沿着这山势往下，就是鼎鼎有名的一片瓦风景区了。

在山顶放眼四望，坛南湾尽收眼底。而再往下走，顿时觉得"柳暗花明"起来，脚下是一级级花岗岩石铺成的台阶，缝隙里长满了杂草，山路弯弯，已可见"一片瓦"的"屋脊"。一步并着两步走，终于看到那掩藏在苍翠榕树下的"真面目"。

从外表上看，一块巨大的岩石依山而靠，形成一个天然的"石屋"，岩石上方刻有四个苍劲有力的大字"片瓦仙踪",这四个字出自当代著名书法家余险峰之笔。阳光透过密密的榕树叶缝洒在摩崖石刻之上,春风轻轻地抚过,一时间有些恍惚,以为到了一个远离城市喧嚣的仙境。在旁边的石碑旁,有清代平潭举人林琪树的诗句:"浑然片瓦盖名山,别有洞天在此间。踪迹去来人不见,只看峰上白云还。"

在"一片瓦"后面,就是依山势而建的另一座庙宇,庙里现在供奉的神灵叫"陈夫人",两旁礼白马尊王和其他五位尊神。林拥发说,平潭敖东是渔区,出海捕鱼十分危险,妈祖林默娘是护佑海上的神灵,所以这庙里供奉妈祖远在清代就开始了。后来因为年代更换,庙里的主事也一直更换,不知怎的,变成了今天供奉的"陈夫人宫"。刹那间,一种"云中神庙观沧海"的意境油然而生。而站在山头的巨岩上,海边礁石连成一片,就像是神女挥出的彩练,引导着出海的渔民能够安全归来。

暮色渐起,有炊烟袅袅升起,下坡时,不断有村里的依伯赶着牛回家,路边还有几个小孩在嬉戏玩闹，一只狗半眯着眼睛地躺在巷子里晒，层层叠叠的石头厝像碉堡一样望着山下。看着看着，突然觉得美好的生活就在眼前，只要你用心发现。

未经尘染的白沙

林　霞

若不是到访白沙村，真不知平潭竟有如此安静详宁的村落。踏足该村，仿若真到了陶渊明所写的世外桃源中。"芳草鲜美""怡然自得"正是村子的真实写照。尽管稍有雾色，但却丝毫不影响村子的"美色"。

顺着村道通往白沙村时，不远处就看到尖顶教堂坐落于村口，刚好成了白沙村的识别记号，西洋风格建筑在排排石头厝中倒增添了一丝地中海风味。在这小村子里头，就有三座教堂。

最早的一处教堂，名为"白沙教堂"，始建于19世纪七八十年代，位于村子的西边，教堂的窗户高且尖，特别有味道。

在白沙教堂附近的石阶上，看到一名衣着朴素、套着袖套的老伯，正端坐在沙地上，拿着小铲子，一株接一株，清除石阶上的野草。

"阿爸，你怎么还不去吃饭啊!"一名妇女急匆匆地向这位老伯走来，"先吃了午饭，再除草吧!"

"怎么可以，这不拔光草，容易绊倒人!"老人家脾气也是执拗，愣是要将这些杂草清除掉了才舒服。

看来，闲来为村里做些小事，也算是村里头的风气了。

在白沙村里头，林姓是大姓，占了村里头三分之二的人口。

村民总喜欢把"自己人"三字挂嘴边，按平潭人的说法就是指本家，是一个宗族的。

当年，林氏由河南迁入福建，而其中一支宗亲辗转到惠安一带。直到南宋嘉泰二年左右，此时已是闽林二十世。当时的林氏子孙仁偶公弃官后，避难到平潭练门，也就是如今的小练岛。再经过数百年，到闽林三十世，林氏子孙骥公不幸父母双亡，不得已投奔福清姑母家，不多久入赘到当地的牛宅郑家，成为牛宅始祖。没想到，牛宅十一世林氏子孙永伸公竟乔迁至平潭玉沙，也就是如今的白青乡白沙村。其搬迁之故，到如今仍未有人晓得，是个不解之谜。无论如何，辗转至今，子孙后代枝繁叶茂。除了这占极大数量的林氏子孙外，还有陈、李、徐氏家族安居村落里。先前村里的人多靠海吃海，个个都是精壮的渔夫，随着隧道产业、运输船行业的发展，不少村民开始转行经商，日子也都过得舒坦。

毫不夸张地说，白沙村之所以有如今的繁华，都可以从一口古井说起。这口古井始建于清代，是白青乡最早的一口井。对于一个严重缺乏淡水资源的海岛村落来说，这口井可以说是整个村庄的生命之源。每天从晨光熹微到暮色降临，取水的人络绎不绝。沧海桑田，白沙村就这样在村民们汲水时摇摇晃晃的身影中走过五百余年。

白沙村的地势较为独特，由西至东如同小山丘般逐渐降低。村落被五座山丘包围。最高的山叫作"尖风山"，位于村落的西侧，海拔高度近百米。东边的山丘形状如同骑马者突然勒住缰绳，顾名思义称为"骑马顶"。不知何因，骑马顶极其受欢迎，百年来，村民们依山建房，居然占用了近一半的山丘。

村子的西边还有一片海域，称为"白沙澳"。这片海域，也是村民们的养生糊口之地。

村里头如今剩下二十只渔船。在村子的正中央，一条闲置的渔船靠在路边，木头上的蓝漆已脱落一半。天没亮，渔民们就已早早撒网捕捞，上午在家补眠，以便傍晚再出海，希望能满载而归，供应翌日的海鲜早市。

"鲈鱼、螃蟹、鲜虾……"靠海吃海，村里头海鲜也比较多。若是遇上好时候，渔民们不仅能够到临近村子的早市上卖个好价钱，也能煮顿丰盛的美味犒劳自己。

已近正午，一些补觉的渔民也都起来补网了。抵达尖风山的半山腰处，一名黝黑肤色的渔民，双腿交叉正坐在小板凳上补渔网。"这儿空间大，否则在村里头补网，总是妨碍到过路行人，自己也觉得不好意思。"只见梭子在他娴熟的手上，如同精灵一般自由穿梭于网洞之间，旁边一名稚童一屁股坐在绿色的渔网上……

白沙村，还真是"村如其名"，依山而出，

傍水而生，不同于其他临海村落的粗犷形象，如同邻家少女般，出落得干净秀气。停走之间，如同进入到一片极为纯洁的世界般，再与村民们寒暄一番，或是坐下聊聊村里的平凡故事，就是在这样的平淡中，却觉得心境安宁。

吾乡赤岸

游　寿

　　"赤岸"这个地名，在中国历史古籍上，以为是仙家之地。如古所云："赤岸，玄圃。"后来杜甫在他的《戏题王宰画山水图歌》有"巴陵洞庭日本东，赤岸水与银河通"之句。注家是这样注的："'赤岸''银河'言水天一色。"此处文引《七发》："凌赤岸，篲扶桑。"又《吴越春秋》："西逾赤岸。"又《曹赤表》："南至赤岸。"《江赋》："鼓洪涛于赤岸。"《南兖州记》曰："瓜步山东五里赤岸山，南临江中。"又《南徐州记》："京江禹贡北江也，春秋分朔，有大涛至江，乘北激赤岸尤更迅猛。"李善《文选注》："赤岸在广陵兴县。"《水经》云："新安县南白石山名广阳山，水名赤岸水。"由上诸家之注所引在江苏，杜甫诗编年把这首诗排在上元元年。从《张彦远名画记》可知，王宰乃蜀中人。他见过江苏赤岸否？此未可知。这首诗是浪漫派之作，不是写实作品，但在唐代两个"赤岸"都是实在的，也许王宰都没有到过的。如果说唐代，以至古代闽东"赤岸"是重镇，近年考古发掘古代墓葬，有晋墓不只是一两座。再说，这块海口北入浙江，和南下福州的路程相差不多。在唐玄宗年代薛明月就以"苜蓿长阑干"的诗句，愤激了唐玄宗。题其后，薛氏南归，隐于乡里。福建有赤岸，当时朝士不能不知。赤岸是商海口，到晚唐林嵩登第后，赤岸更被注意。但这都无关于赤岸在闽，或在江苏。而事实上唐代日使节船，被风吹送到赤岸，中国史书没有这段大事记。当时日本记述到赤岸，从日本出发，在途经过两个月大海漂泊，看到山峦苍翠的长溪山。

赤岸，时已在中国历史上起了一定作用，从近年发掘文物来看，早在晋代已有中原墓葬，在赤岸大桥上有石人、石羊和立的经幢。在我到赤岸调查时，有一块大水槽，是唐人题名，还有赤岸大桥上有个桥板，也是唐代人所造古寺庙题名。东晋年代，中原士族南迁，有部分人来此地落脚。晋代设有温麻县于四十一都，唐武德六年改置长溪县。在唐代这地方和浙江较近，即今霞浦发船，上水往温州，下水往福州，路程均八九小时，而往温州不遇大水洋，沿内海即可到，往福州必经大海北茭巨浪。明屠隆记这海口："阻山带海，夷舶乘风，一帆数点，烟峦缥缈间，瞬息及岸。洵瀛濡重镇，闽浙门户……"当然山川形势改变，从元末在地方巨霸争夺下，赤岸被毁，而地形也有变革，现在水土已不如昔日，但海门仍在，可能比以前要离赤岸三五里外了。

赤岸山风景，仍如往时，红色岸壁，每朝霞从船山海上升起，红石山赤色阳光，射出锋芒，潮水来时，登山眺望，洪涛汹涌，不是其他地方所能想象的。这个县的人民，就在这地方辛勤，已两千多年了！此地山川极壮美，赤岸废后，福宁镇展开了闽浙门户。记得幼年还听过镇、府、县早晚吹打声，于今已是七十九年了。翘首南天，耳际仿佛潮水澎湃耳。

畲山春雨夜

曾毓秋

春雨潇潇地下着，下得那样轻柔，仿佛听得见它怎样滋润土地，溶解了土地中饱含着的养分，催开了茶枝上的新芽。

山乡里黑得早，我们在那陡峭的山路上走，穿过云雾和雨幕，到一个畲族的山村里去。转过一个山坡，就看到了一团通红的火光，像是一颗红玛瑙那样鲜明、透亮。而且，传来了一阵极其悠扬的歌声，很轻很轻，像是要溶化在春雨里似的，马上把我们吸引住了。

我们向着歌声走去，这是畲家居住的一座房屋。推开门，歌声立刻响亮起来了。屋里明亮、温暖，一圈人团团围坐。中间的火塘里烧着一块很大的松树根，火势正旺，爆裂着火花，散发着松脂的清香。一个穿着蓝布大褂的须眉皆白的老歌手，正在用深沉的声音，唱着畲家古代的谣曲。在灶头边，火光闪闪，烧着一大锅热腾腾的香茶。女主人正在那儿照料，火光下，看得清楚她红润的俊秀的脸。她的银耳环和银手镯闪着光，一身青色衣服，衬得左襟上精工绣的几朵鲜花光彩四射。

畲家是好客而且淳厚的民族，女主人立刻用托盘送上了几杯初泡的新茶，她笑盈盈地唱道：

喜见门前树开花，汉族同志到畲家。

莫嫌畲家情意薄，请尝三月清明茶。

只有走过细雨中的夜路，经受过山区春夜的寒意，才会知道这杯热茶味道有多香、有多暖和，畲族兄弟的深情厚谊也像火一样扑到了我们的心上。

早就听说过畲族是个爱唱歌的民族，出过许多天才歌手。他们中间流传着许多古代的谣曲，也可以即兴编唱抒情诗。他们有时是盘歌，有时是对唱，往往要从晚上唱到黎明。歌声不但传达了他们以往深沉的痛苦和希望，也传达了他们对新生活的热爱和赞颂。初生的爱情，在歌声中萌芽，也在歌声中成熟。姑娘们要在盘歌中，来考试小伙子们的才华。

这里，显然是摆开了"歌场"，坐在中间的老歌手，按他们的习俗，是年纪最长最受尊敬的长辈。他穿着斜扣的大襟衣服，闭目沉思，歌声像呜咽的山涧溪流似的从他胸膛深处流出，忽而高昂，忽而低沉，像是畲山深谷中变幻莫测的风云。他是在歌吟着过去畲家深重的苦难：

> 风吹树木不吹藤，太阳不照畲家人。
>
> 要问畲家多少苦？万里江河流不尽！
>
> 风吹树木不吹茅，八方乌云头上罩。
>
> 东南西北山头转，哪有畲家路一条？
>
> 下山相逢是汉官，上山又见山猪面。
>
> 赔上人命打豹子，豹皮不值三斤盐。
>
> 一块石碑立堂堂，不许畲民到平阳。
>
> 雷打火烧涨大水，畲人也不下山冈。

歌场上静极了。小伙子和姑娘们谁也不开口，只听得火堆上的松柴，在轻轻地爆裂。好些人的眼睛里还闪耀着泪花，也许他们想到了那苦难深重的过去的年月了吧！那时候，畲家只能从这个山头搬到那个山头，山下不许去，连盐也吃不上。他们曾经是一个被压迫、被驱逐、被赶得到处流浪的民族。可是，他们也是一个不屈服、不悲观、勇敢而坚强的民族呵！

在火堆旁的一个小伙子忍不住了，他长着一张浑厚、英俊的脸，黑黑的眉毛，宽阔的嘴巴，眼睛里蕴藏着热情和力量。他用他爽朗而又高亢的男高音，接了下去：

> 阴天哪有晴天长，黑云堆里闪红光。
>
> 惊天动地红军起，畲家儿女带刀枪。
>
> 高山茶树直挺挺，畲族红军一条根。
>
> 要喝就喝清泉水，要红就要红透心。

他的歌声充满着那么深刻的自豪与自信，使我们仿佛又看到了当年畲家儿女吞吐风云闹革命的英雄气概，把我们的想象又引向遥远的年代，像是目击了畲族人民争自由的英勇战斗。许多畲族山头曾经是红军游击队的根据地，畲家儿女的鲜血和红军流在一起。霞浦南塘苏维埃主席雷成和的儿子被白匪军逮捕，要逼着他带路，去袭击红军。这位才十六岁的畲家少年英雄，把敌人诱到了将军潭的深潭边上，引到红军的埋伏圈里，自己投身进了那滚滚激流中，壮烈牺牲……

白发的歌手，用饱含着深长情意的歌声接上了：

红云不停向北行，红军北上别畲民。

抽刀断水水更流，深情似海不能分。

殷勤的女主人，斜倚在灶边，她突然抬起了眼睛，好像在思索着什么，她用柔和的女中音，深沉地唱：

红军走后野草生，畲家日夜盼亲人。

手拿锄头来开路，不见红军人和影。

沉寂之中，门外火光一闪，先伸进来两支明亮的松木火把，随着爽朗的嘹亮的笑声，进来了两个年轻的畲族姑娘。一个高些，一个矮些。不知道为什么，畲族姑娘都爱穿深色的衣服，一个穿的是深蓝，一个穿的是青色，反衬得头上珠络、耳上银环，更加鲜明了。她们那欢悦的笑颜和绣着兰花的五色围裙，在火光照耀下，使满屋子增添了光辉。

矮些的姑娘，脸红得像山茶花，显得很调皮，她坐在灶前，接着唱道：

> 三月雷响三月闪，红军必定要回还。
>
> 东南西北乌云散，太阳照进我畲山。
>
> 太阳出在北京城，毛主席是最亲人。
>
> 手背手心都是肉，畲人汉人骨肉亲。

她的清脆的嗓音、火热的情绪，使现场的空气都转变了。她的女伴却柔和而又文静，长眉俊目，睫毛垂落下来犹如一弯新月。她轻轻地把松柴投进火塘里，砰的一声烧得更旺，屋里便变得格外明亮和温暖了。

我忽然发现，那个先前唱过歌的沉着的小伙子，身体颤动了一下，把热情的目光投射在这个姑娘脸上。这种目光的含意是不难猜测的。按照畲家的规矩，小伙子求爱是要用歌声来打动姑娘的心的，他从哪里去找到这把钥匙呢？

殷勤的女主人又重新给大家换了一杯芳香的热茶。那个年轻人略略沉思了一下，用温柔的声音唱了起来：

> 天上既然出太阳，切莫藏在云彩里。
>
> 心中既有一支歌，切莫藏在嘴唇里。

人群中流过了一阵窃窃私语，姑娘们和小伙

子们互相发出了会心的微笑。那个线条柔和的姑娘，稍稍抬起睫毛，又垂落下了。那个调皮些的姑娘顽皮地笑道："好哇，你能逗得她开口，就算你有本事！"她接口唱道：

山里开花千万朵，朵朵花儿有名称。

借问一声唱歌郎，歌儿唱给哪个听？

小伙子唱道：

爱花何必提花名？唱歌唱给大家听。

飞上银河打个转，落到心里只一人。

那个面相柔和的姑娘，突然低下了头，用双手蒙住了脸，可是，她仍然不发声。那调皮的姑娘格格地笑了，说："人家还是不肯唱，我可又要唱了！"

要想下海海水深，要进石壁没有门。

若问路程有多远，十万八千有余零。

小伙子双手在膝盖上搓了搓，放开歌喉：

有意不怕海水深，情深石壁自有门。

心坚不管路程远，再唱三年也甘心。

那顽皮的姑娘叹道："哟！口气好大！你可晓得，同你唱歌的那人是个什么人！"接着又唱：

树上红花数她香，山里劳动数她强。

双手能绣山和水，你有哪样比得上？

那个柔和的姑娘埋怨地看了她一眼，像是责怪女伴不该这么夸她。畲族的姑娘们，哪个不是劳动的好手啊！我们白天看到的茶山，真像是畲族姑娘的绣花围裙那样鲜艳，一圈又一圈赤金色的泥土，绣上了一圈又一圈碧绿的茶林，点缀着明丽的山花，美极了……这就是畲家儿女用坚实又灵巧的双手绣成的。

我们不禁又有点担心，这个调皮的畲家姑娘，虽然有一颗夸赞女伴纯真的好意，却未免把歌儿唱得太"绝"了吧！叫人家如何回答呢？可不是，把这个文雅的小伙子难住了，他的浓重的眉毛微微皱起来，他怎么好意思夸自己呢？

旁边一个粗眉大眼的小伙子却忍不住了，说："这也唱得太压人了！"那个调皮姑娘迅雷接快电地说："你要打抱不平，要用歌声来回答！"粗眉大眼的小伙子说："你听着！"

畲家出了千里马，种茶专家要数他。

歌声起处石头开，遍山茶苗齐抽芽。

那个文静的小伙子暗地捶他一拳，低声道："你简直把我说得没个底了！"我们不禁带着敬意看着这个质朴的小伙子。这个朝气蓬勃的年轻人的事迹，我们早就听说过了。是他，在开茶山遇见顽石当道的时候，想出了用火烧石头再打碎的办法。是他，第一个学会了对茶树进行"台割"的办法，使茶山不老、青春永在。

殷勤的女主人，一直是笑盈盈地在灶边烧茶。这个紧要关头，她觉得该出来尽尽女主人的本分了，她用亲切柔和的眼光看着这对年轻人。

清明三月茶抽心，太阳还要配彩云。

珍珠若想连成串，一条红线穿过心。

那个文静的姑娘突然把双手放下，抬起睫毛，流露出泉水样晶莹的目光。她的银饰在头上闪动，幽美的声音从唇边流出：

退壳黄雀初长成，唱歌一句留半声。

莫夸这双粗笨手，绣花也难绣得成。

小伙子眼睛突然明亮起来，他马上热情地应和：

不绣花来要绣山，太阳染色云作线。

飞针走线密密缝，茶山绣出好春天。

姑娘看了他一眼，红着脸，又接了下去，她的声音仍然很平静，但是，悠扬的歌声里，跳动着一颗热情的心。山泉淙淙，像是木笛的乐音，在为这美丽的歌声伴奏。

天上星星千万颗，明亮只有北斗星。

水清要看源头净，情深要看劳动真。

小伙子的脸上闪耀着多么辉煌的幸福的表情。

阿妹好比大红花，我比绿叶也还差。

红花绿叶一枝生，茶山深处把根扎。

姑娘忽然昂起头来，眼睛像星星样闪亮，丢掉了一切羞涩，爽朗地唱道：

山茶根深枝叶大，年年月月发新芽。

阿哥若是有情意，开好茶山我才嫁！

小伙子高亢的声音，响彻了整个屋子：

隔水传歌听得真，句句山歌落在心。

建好茶山才见你，不当模范不成亲。

那个调皮姑娘扬声大笑道："我倒为你们白白操了半天心事，把我嘴都唱干了，将来婚礼冰糖茶，可要请我多喝几杯呵!"

白发的老歌手也用亲切、喜悦的歌声为这对青年人祝福：

快倒红酒快烧茶，好儿好女结亲家。

甜时莫忘过去苦，莫忘党的恩情大。

满屋的姑娘们、小伙子们都沉浸在歌声里，沉浸在这单纯却又鲜明的节奏里。可是，这里头又有多少不可捉摸的变化：它忽而高亢，忽而热切，忽而幽咽，有时像春天的山雀迎春那样幽美，有时又雄壮得如同风雨骤至。

不知什么时候，雨停了，吉祥的月亮穿过云层，把水银似的光辉投射在歌场外的平地上。空气澄清的仿佛滤过似的，一些不知名的芳草，放出了醉人的香味，这神奇的畲山的春夜呵!

明天，可以上山采春茶了。

忆三都澳

张　炯

　　呵，三都澳，我多么想念你!

　　离开你那蓝色的港湾和瑰丽的岛屿，已经三十多年了。我走过伟大祖国的辽阔土地，目睹过多少壮美的山川! 但在我的记忆里，三都澳却总如一颗明珠，闪闪发亮，放射着永不磨灭的魅人的光芒。

　　记得还是读小学的时候，我从孙中山先生的《建国方略》里，便知道了三都澳。我国伟大的革命先行者把三都澳擘画为未来的优良军港。这对于抗日战争时期像我这样长在小山沟的小孩子，确实是够鼓舞人心的。那时，三都澳还处于日本人的占领下，能幻想那里将变成未来强大中国的雄壮军港，岂不是十分叫人振奋么!

　　我第一次来到三都澳，已经是 1947 年。

　　这一年初，抗战期间搬到福安县坂中去的三

都中学——当时闽东北七县的最高学府,奉命迁回三都岛。作为这个学校的初中二年级学生,我跟同学们一道,从福安县城顺交溪分坐小木船到了赛岐镇,又从那里乘双桅帆船向三都澳进发。

抗战中,福安虽未被日本军队占领过,但在国民党反动统治下,不但政治腐败,经济文化也十分落后,一般的青年学生都相当苦闷。抗战胜利,总算使大家都感到高兴,感到中国有了希望。所以那时学校能迁回三都岛去,同学们都喜气洋洋。

船出两岸山峦对峙的白马门,一片蔚蓝的港湾便以它的秀美、空阔和雄伟,展现在我面前。澄蓝碧亮的海水,像玻璃般在阳光下闪耀。鼓满风的帆船倾斜着,有如一支飞梭,沿着水面犁开滚滚白色浪涛,仿佛给光泽的蓝缎缀上花边似的。而这群山环抱的宁静海湾中,散布着一个又一个岛屿,酷似一座座画屏,凌空屹立水面,峰峦叠翠,青石嶙峋,有的俊挺雄健,有的秀丽婀娜。还有的地方,礁石拔海而出,像石笋,像砥柱……这一切景色都叫人很容易想起古书中说的

"蓬莱仙境"。我记得那时自己瞪大两只眼睛，倚着船舷，左顾右盼，应接不暇，真是又惊又喜，觉得这世界实在太美妙、太神奇了。

可惜，船到三都岛，登上破旧的石砌码头，映入眼帘的却是一番与仙境全不相干的景象。

长长的码头伸向山脚下的街埠。长街虽还保存着完好的混凝土路，但两旁的商店、住房竟几乎荡然无存，原来，战争期间都被日本侵略军的飞机、军舰轰毁炸光了。有些废墟还没有清理，荒草萋萋，到处是令人触目惊心的残垣败壁。只有丁字街口的几株大树下，才修起几爿新盖的简陋房屋，算是供渔民和来往客商用的旅店、饭馆。这种破败和萧索，使我发呆，使我痛感战火的残酷。

我们的学校离街埠东边还有十里地。背山面海，在有许多乱石的山坡上孑然屹立一座青砖砌就的、还未竣工的两层楼房——原先天主教会盖的修道院。那时也就暂且成了我们三都中学的初中部。

搬进这栋楼房住下，我立即想起家来。不难

想象，这空荡荡的、门窗也不全的修道院，高耸在四面没有人烟的荒坡上，面对着日夜潮起潮落、浪涛哗哗的大海，该多么寂寞呵！

还好，两三天内从好几个县来的同学都陆续到齐。学校一开学，这荒凉的所在也顿见热闹起来。我们开辟了道路，开辟了篮球场，山上海边，书声朗朗，还响起了欢快的歌声。

渐渐地，我越来越爱上了三都岛。

我和同学们发现，在岛屿的另一头，街埠西北，我们学校高中部的附近，却是风景十分幽静、美丽的区域。那里，有个山岬伸向海边，单独有木头搭起的桥式油码头立在水面上。离油码头不远，并排装置两只巨大的银色油罐。原来这一带都属于战前的美孚亚细亚煤油公司。山岬的树丛里，还矗立这个公司的花园洋房，围着白色栅栏，院子开满蔷薇和玫瑰。这洋房西边有一片小小的沙滩，是个很好的海滨浴场。而缘着山岬上的小路往上爬去，半山腰崛起一座白垩色的建筑，显得又肃穆、又神秘。这是天主教的另一个修道院。修女们披着白头巾、黑长袍，幽灵似的出没在这座西方哥特式修道院的回廊窗口，使我们感到无限好奇，又无限同情她们那落寞的境遇。这前后的山峦岗顶都布满茂密葱郁的松林，林间还疏疏落落地闪现外国人的洋房，伸展着修得很好的混凝土小道。站在山顶的松树下，眼前便是岛屿南面横亘几十里的蓝色港湾，对岸耸入云霄的高山则是著名的飞鸾岭。温润的海风呼呼扑面而来，山脚下绿草凄迷的街埠、泊满船樯的码头，更尽收眼底、历历在目。

三都岛的主峰很高，我始终没有爬上去。听当地人说，登上主峰，在天高气爽的晴天丽日，不但可以鸟瞰整个三都澳的大小港，而且向东南远眺，还可以望见东冲口外大浪滔滔的东海八菱洋……

当时三都岛上的居民很少。离我们初中部两三里路有个村落，只几户人家，黄土墙，瓦屋顶，房前房后的山坡上开垦几亩梯田，种着水稻、番薯和蔬菜。他们似乎农民兼渔民。潮水退时，他们纷纷到海滩上捕捉海蟹，摇着舢板到礁石上去采集牡蛎。

街埠在平时冷冷清清，但一旦商船到来或渔船回港，那只有几间店铺的丁字街口便热闹非凡。很多商贩沿街摆满了各种商品，上市的海鲜也很多，有黄鱼、鳗鱼、比目鱼、章鱼以及龙虾、海蜇等等。街市上，成群的渔民和水手，脸膛被海风吹得黑红黑红，穿着肥大的灯笼裤，来来往往，或挤在饭馆里，大声吆喝，猜着拳，喝得醉醺醺的。

关于鱼，在三都岛上我真是大开了眼界。那种白色的多足的章鱼，固然吸引我们，涨潮时海面上乱蹦横跳的跳鱼，更叫我们开心。有一次，街上出售一条重达五百斤的大黄鱼，据说是涨潮时窜上浅滩，一落潮就回不到海里去，被人们活捉了。可以说，这是我平生见到的最大的黄鱼了。还有一种鱼叫海猪，长得像小鲸鱼，有两三百斤重，剖开肚子，有心有肺，跟猪一样，当时也把我看得目瞪口呆。

但最叫我入迷的还是大海和彩贝。

我常常自己跑到海边的礁石上，坐在那儿看海，看海湾中来往的帆船和火轮。渐渐地我发现海是五颜六色的。只在阳光明朗的晴天，它才发蓝。阴天，海呈灰绿色。晴天的早晨，它由暗蓝而发亮，变成瓦蓝，孔雀蓝，玻璃翠……太阳升起来了，海面顿时金光闪耀，又辉煌，又壮丽。雨后，港湾上空挂着彩虹，迷蒙中，海也显得五彩缤纷。而当晚霞夕照，海面又如火一般燃烧起来，慢慢地由金红到暗红，到绛紫。夜幕降临了，海也就暗淡了，灰黑了，闪着钢一般的亮光。风平浪静的夜晚，海像镜子一样，能映出一轮皓月、数点星辰。一旦微风细浪，月夜的海就波光粼粼，有如无数银色的鱼群在欢游、在腾跃，美极了。及至风大浪涌，海便失去平静的呼吸，甚而像野兽般竟夜咆哮，将浪涛疯狂地摔到礁石上，发出撼人心魄的砰砰巨响，令人感到恐怖，又令人感到壮美。

瑰丽的彩贝是海奉献给人们的珍奇礼物。它们像海一样五光十色，也像海的性格那样多变、种类繁多。有的布满虎纹，有的洒满斑点，有的光彩熠熠、圆润如珠，有的朴实无华、大如牛角。大多数贝壳里都盘踞着寄居蟹，伸出红红的大鳌，驮着借以藏身的"住房"，在沙滩上飞快地爬着。你把它逮住，它立即缩到壳里去了。我每每贪婪地在海滩上搜寻，找到一枚美丽的采贝，高兴得大声欢呼，珍藏起来或者与同学们交换，互通有无，互赠友谊。

三都澳有许多民间的传说。至今我还记得的一个传说是戚继光大摆夜壶阵，败走倭寇的故事。据说，明朝中叶后，日本的海盗经常侵袭闽浙一带，杀人掠货，成为巨患，人们称之为"倭寇"。戚继光奉命讨倭，有一天率兵来到三都澳，驻扎在三都岛上。倭寇闻说，成群的战船便开进三都澳，要与戚继光决战。

当时戚继光寡不敌众，就想了一计。他连夜从民间征用许多作为尿器的夜壶，注满灯油，点上灯，乘潮水退时从各个港放到海里，顺流而去。一时岛上战鼓雷鸣，一片喊杀声。倭寇一见满海湾到处都燃起灯火，灿若繁星，以为一盏灯就是一条战船，反觉得自己陷入重围。倭酋仓皇间不知虚实，赶快掉转船头，逃出东冲口。这两山夹峙的东冲口又小，逃跑的敌船见三都澳里的灯火都向东冲口追来（其实是潮水都向这里奔涌），越发慌乱，自相撞冲，翻了许多……

这故事是不是有史实的根据，我不知道，但在当时，使我听后高兴得手舞足蹈，为中华民族的智慧感到自豪。

1947年下半年，三都岛比我们学校刚迁回时更加繁荣了，但海岛的生活也忽然不平静了。当时昆明的学生运动波及全国。我们这些中学生，从报纸上也开始懂得国民党反动派的可恶，懂得应该争取民主，反对独裁，而为此又必须反对学校的专制。记得先是因为初中部有位教师打了一个学生，同学们便由抗议而罢课，后来竟发展到同学们成群结队砸了街埠的警察局，并且拿着童子军的木棍，集合到深山的一座庙宇里不回学校。这次风潮的结果是，我也被当作肇事者，由学校当局勒令退学了。于是，我不得不卷起铺盖，离开了三都岛。

此后，我还有几次路过三都澳。一次是，1949年4月，我跟福州地下党的同志前去闽东北山区开展人民武装斗争。当我们乘小火轮去福安赛岐，船过三都岛停泊时，听说国民党军队的张雪中、李延年兵团从淮海战场溃败下来，由浙江进入福建，正从寿宁、福安取道宁德向福州涌去，沿途烧抢奸掠，行人为之断绝。轮船老板怕乱年征用船只，便宣布火轮不再开赴赛岐了。候到傍晚，我们只好上岸，在街埠的旅店待了一宿，次日凌晨便搭了只摇橹的小船前往福安的下白石。黑夜里，三都岛究竟比早两年有什么变化，也看不清楚。

再有一次已是这年 8 月。那时我们游击队在福安南部沿海想攻打一个地主防护团的堡子，没有成功，拂晓由那里坐船撤到三都澳的海湾。恰巧当天海面布满茫茫大雾。我们的船队经过三都岛东角时，雾还没散去。三都岛在淡如白纱的晨雾中，隐隐约约，透个影子，真正使人感到"忽闻海外有仙山，山在虚无缥渺间"，有一种蒙眬的美。雾中的海面非常平静，油一样清亮。记得我们船上有个同志居然一伸手，用木瓢就舀到一条小海豚。还有只海猪，不时出没在我们船队的周围，从头顶喷出几尺高的水柱，就像鲸鱼一样。这次，我们自然不可能在三都岛停留，趁着浓雾的掩护，便拐向白马门了。

……

仿佛眨眼间三十多年已经过去。听说今天的三都澳真正成为祖国人民的军港。毫无疑问，那里的一切都已旧貌换新颜了。现在，我的窗前正是祖国首都车如流水的繁华大街。遥望南天，在三都澳那宽阔的蓝色港湾里，想必正驰骋着一艘艘人民海军的艨艟巨舰。而在风景秀丽如画的三都岛上，也许早已楼舍如林，在苍翠的松林下，新修的街道、码头上，人民的水兵们、渔家的少女们，不正迎着温润的海风引吭高歌么！

三都澳，你是祖国胸膛上的一颗明珠。

三都澳，你也是祖国手中随时准备出鞘的一柄锋利的宝剑。

啊，三都澳，请允许思念你的人们向你致以革命的敬礼吧！

畲山春

兰兴发

"旱死牛"这个地名，也许会给你一种恐怖、无情的感觉，可它是我可爱的故乡呢！

农历三月，我又一次回来了。正当我盘上伸手可以摸到蓝天的九曲岭头时，就见一个个头戴精致斗笠、身着五色花线镶边墨衣、腰缚凤凰采牡丹图案围裙、肩挎扁蛋形茶篓、手舞银镯的畲家妇女，浮动在绿色的海洋中——

三月杜鹃红满山，畲家儿女采茶忙。

采到山巅打回转，新芽又绿九重冈。

采茶姑娘的歌声刚落，梯田上插秧的小伙子们歌声又起——

畲山三月红杜鹃，玉龙带水盘山巅。

十里梯田铺明镜，畲民绣绿水中天。

按照畲家传统习惯，春日歌就从这绿毯般的秧田里飞起，同燕雀比翼，直上蓝天；夏夜，歌从再度爆芽的茶园里回荡，同玉兰比味，飘过大洋；秋天，歌从金色的油库里飘出，跟车辆比喉，唱上县城；冬日，歌从四季常青的山谷里传出，跟着嘎吱嘎吱的扁担，挑回到村里。此刻，我一边听歌，一边看山，只见漫山遍野的杉松竹桐和蓝天牵在一起。这是村里人的自留山吧！你瞧，家家户户都像打扮自己的亲闺女一样，硬是把它们织成裙带一般好看。

竹林中，一幢幢石灰抹栋的砖瓦楼房。楼房的前前后后又增盖了许多廊庑和伙厢。家家户户都是嫂（锁）看门，唯独阿春大叔家的门半掩着。我进了他的厅堂，只见天井里鱼儿三三两两地从阶石下钻出，自由自在地觅食，一见人影，又匆匆地躲到石下去了。天井边有一树梨花春带雨。谁能相信，三年前这里却是茅屋篾笆门呢！

阿春大叔坐在厅前编斗笠。他见到我便乐呵呵地说："发仔，什么风把你吹回来喽！这几年，我们头上的紧箍咒除了，捆着的手脚松开了，大男细女有事做，日子好过喽！"说着，他就转身到厨房沏茶。我打量了一下房子，中庭上贴着春节时留下的对联："田增五谷人增寿，春满乾坤福满门"。墙壁上贴满了杂志画页和电影宣传画，其中一幅是一个姑娘在晨曦中喂猪的场面，另一幅是刘三姐在对歌时斗败了地主请来的三秀才，使他们狼狈而逃的镜头。卧室里，床、桌、橱、椅都是新做的，油漆过还带着樟木的芳香，被子半旧，蚊帐却是崭新的。一会儿，阿春大叔托着樟木红漆八角盘，给我送上了两种花蜜茶和一碗炒熟的花生。

我接过热茶呷了一口，顿觉齿颊留香，精神一爽。我不禁问："这是尖蜂顶上的云雾茶?"阿春大叔继续编着斗笠答道："正是'九泡有余香'的高山云雾茶，加上自家蜂酿的冬蜜。"20世纪60年代的前期，我曾亲眼看见过那两棵茶树，碗口粗，两丈高，叶子巴掌大，新梢长得快，育芽能力强，高产、耐寒、耐旱、不怕病虫咬，曾被命名为"福安大白茶"，并在省内外育种推广，栽培面积达万亩以上。可是，那个特殊时期，却强令畲民砍茶树学大寨。畲民两手空空，吃不上，穿不上，更娶不上媳妇，"旱死牛"

成了名副其实的"旱死牛"。前两年，通过包产到户，被破坏了的茶园才恢复了生机。

阿春大叔往我手心塞了一大把花生。"为了这高山云雾茶，你弟阿青去年买回两把重十一斤的新锄头，年底磨得只剩下六斤。你弟媳妇阿梅跟他钻进茶园的最深处，把一根根同大小茶根盘结在一起的小茅草除掉。她先用山锄刨，锄尖挖，锄尖进不去了，就用手指往茶根里抠，连手指都抠出了血。就这样，去年我们又种茶，又养猪，再加上竹编手艺，不但还清了超支债，而且盖起两个廊庑间。发仔，你晓得我家去年分红几多钱吗？新簇簇、硬刷刷的钞票两千一，一张张号码都是连着的。点钞票的时候，你阿婶欢喜得双手直哆嗦，半天也没点清。钱多了，你阿弟要买录音机，你弟媳妇要买缝纫机，小夫妻差点闹矛盾了。"

我剥着香喷喷的花生，脑子像在过电影。过去，人家都说："有女莫嫁'旱死牛'。'旱牛'十种九不收，三天两头无米煮，一次转来一次愁。"如今，"旱死牛"变成了金牛，穷山窝招来了金凤凰，一切，全都变了。

我正想得入神。忽然，一个畲族少妇带着一身雾气走进门来。她放下肩上精制的竹篮，脱下斗笠，脸上绽开了一朵山茶花。从额头上的汗珠和浑身冒着的热气看，她是走了很远的路，也许是赶集回来的。人面生疏，可是她对我一见如故。"阿伯，你回来啦！"我说："是啊，阿嫂子！"她羞涩地低头一笑，走进新房里去了。我掀开竹篮上面披着的塑料薄膜看了看，一头装着花格子床单、绣花枕巾、塑料小红灯和几叠新衣衫，另一头贮着豆腐、米粉、猪肉与咸鱼。阿春大叔喜滋滋地介绍道："她就是我家阿梅，是阿青在前年九月九，担斗笠去'公鸡髻'参加庙会盘歌，自由对的对象。"

当晚，阿青坐在收音机旁破九重篾，阿青的娘站在灶前煮做斗笠的大竹叶，阿春大叔和阿梅围在一盏熠熠闪光的电灯底下编织斗笠。

这是曾在北京民族文化宫展出的畲家特有手工艺品，可惜我多年未见了。这种斗笠，做工精细，是用油嫩剔透的五色九重篾编织而成的。竹篾的细度不到零点一厘米。一顶斗笠的上层篾条有两百二至两百四之多，花纹细巧，有云头、燕顶、虎牙、四路、三层檐、斗笠星等多种花纹，再配以水红绸带，串上各色珠子，作为斗笠坠绳，更显得精巧美观，富有民族风格，是畲族妇女最喜爱的装饰品。

阿春大叔告诉我说："党的十一届三中全会以后，旱死牛办起了竹编厂，毛竹由生产队统一供应；茶余饭后休息时间，加上雨天雪天，人人编。大家都把心编进斗笠眼里去，攒得钱来，给农业添翅膀哪！"

"是呀，自从前年政策变，带来畲乡五业兴。你家经济收入增加，这是第一件喜事；你家住宅添了两边厦，这是第二件喜事；你家阿青与阿梅新婚宴尔，这是第三件喜事。合起来叫作'三喜临门'。"我有意转过头来问阿梅："阿嫂子，你看是吗？"

阿梅不好意思地低下头去，用微笑的眼光捏着斗笠眼。远处飘来了畲山新歌——

党的政策东风吹，好像铜锣撞锣槌。

山听锣声开银库，水听锣声闪金辉。

入夜，我在故乡那摇篮般的怀抱里，躺在樟木精雕的斗床上，心头洋溢着一个游子归来的愉快。楼外月光映着灯光，水井边蛙鼓声声，土墙上点缀着窗外的一排棕树、油桐的剪影。南风吹拂，我尽情地享受着故乡春夜的寂静和甜蜜，而后，悠悠然进入了梦乡。

小城故事

周贻海

引子

柘荣是小城。

小城典雅安详，从容华贵，恬适自然，安逸若仙。

城是柳城、柘城、生态养生城、省级园林县城，城外有高山。

山是东狮山，太姥最高山，山上祀马仙，为国家级生态示范区。

据统计，柘荣树种繁多，有罗汉松、三尖杉、竹柏、棠梨、猕猴桃、水杉、林檎、铁坚衫、辛夷、银杏等两百六十二种；飞禽有喜鹊、猫头鹰、长尾鸡、黄头雉、真鸟仔、鹁鸠、布谷鸟、红壳鸟、绿毛鸟、翡翠鸟、画眉鸟、牛燕等一百六十一种。全县森林覆盖率百分之六十四点四，系全省造林绿化先进县。其生态境况，可容一诗概括："门外无人问落花，绿阴冉冉遍天涯。林莺啼到无声处，青草池塘独听蛙。"

其实，小城朝夕位列仙班，沐浴香水明山，为东南道教道场，其人德长高寿，当时只道是寻常。

岂知登高望远，仍可见"美人挑灯"亘古通今，天人合一处，仙山灵草（太子参）湿行云。

"人法地，地法天，天法道，道法自然。"

仙峤一方，有书声朗朗。

这里桃李芬芳，这里是"中国民间文化艺术之乡"。

松鹤长春，这里亦是"中国长寿之乡"。

山

拨开云雾，可见海拔一千四百七十九米的柘荣东狮山。东狮山古称东山，环山有谷、泉、洞、岩、峰、石等自然景观两百二十七处，因山形似狮而得名。其名出处，来自清代袁健伦的《柘城志》："柘虽僻处一隅，东据狮子朝天之胜。"

柘荣人每每赞誉东狮山，言必称东狮山系太姥山脉最高峰。无独有偶，这个记述，早在明、清两代就有了。如明赠副使游德的《柘洋东山》曰："孤峰独与碧霄摩，双扉疑从绛阙过。全柘万山罗小队，扶桑千里见微波。晴云不散坛前树，明月长依石上萝。仙子高居绝尘说，岂知人世有悲歌。"又如清徐有梧的《柘洋八景·旗峰插汉》云："绿帜插云霄，岩岩众山祖。太姥在下峰，高标谁与伍？"

这两首诗的作者都是柘洋人。游德是游朴的父亲，明赠副使。徐有梧曾任江西信丰知县，衣锦还乡后，又得了《霞浦县志》总撰的美差。柘荣古称柘洋，曾是古长溪霞浦的一部分，因勤勉好学之风盛行，史上有"霞浦好柘洋，考取半爿榜"之美誉。

东狮山早年与扶桑富士山相仿：山尖是锥状的芙蓉雪峰，一任风和日暖，终年不化；流泉飞瀑亦特显冰凌造型，飞花玉树，琼枝作烟萝。其实这不可以算作臆断推测，清《读史方舆纪要》

载："柘洋东山，在州西北百二十里，东望海外数百里。诸山皆在履舄之下，悬崖耸削，积雪不消。有泉一勺，大旱不竭。"

谨记儿时，好多年的冬天积雪厚得小孩子出不了家门，春节里走家串户，要靠父母背着才能去。近几年的冬日，柘荣也频频"瑞雪兆丰年"。

水

不知哪朝哪代哪位诗人是这样形容柘荣的龙溪的："绕郭而来，一颗明珠，宛在芙蓉烟雨；穿城而去，半规浮玉，依然杨柳楼台。"曾经雪泉化成穿越双城而过的龙溪，是我饮水思源的母亲河。

儿时，我就是这溪间水里一天到晚游泳的鱼。我知道哪个河段的螺蛳最多，哪儿有软壳的溪蟹子；我用龙溪水做饭，吃着它的水产长大；溪间荡漾着我上学飞奔的脚步，欢快的倒影见证我和柳树一同多姿、一起成荫。长大后，我和大家一起保护古城墙，一起欣赏着龙溪水写诗。就如眼底下这个淫雨霏霏的思绪里，可以无忧无虑

地邀请城外的诗人一起，呼吸最美的溪岸柳风，
用每一根柳条谱曲，让每一朵浪花都来唱《我心
中的东狮山》！

着实，龙溪里的鱼类，过去是很多很多的。
比如，鲫鱼，无触须，背脊隆起；鲥鱼，背黑
绿，腹银白色，鳞下多脂肪，肉味鲜美；鲢鱼，
头小鳞细，腹银色白，体侧扁；鲭鱼，身体呈梭
形，头尖口大；鳙鱼，头很大，雅称"胖头鱼"；
鲶鱼，头大，口宽，尾侧扁，皮有黏质，无鳞；
至于黄鳝、泥鳅、石斑鱼、草鱼、溪白就更不用
说了；还有现在营养价值极高的淡水鳗。这些
鱼，早年我和伙伴们都有钓过或者捞过，而我的
精明更在于摸螺与捉蟹了。门口的那一截溪道，
哪一处盛产田螺，哪一处集中溪蚶，哪一处河蚌
较多，我都一清二楚。毕竟只有我能随心所欲地
潜下水去，睁大了眼睛去"三个指头捏田螺"
的。最有意思的就是去矴步边上的沟坎罅隙里捉
蟹了。秋季里的水有些冰凉，但也是蟹肥味美的
最佳时辰。每每到了傍晚，就会有大大小小的溪
蟹爬到矴步下规则不一的石面上来吐气纳凉，只

要不怕它的大钳，你完全可以满兜而归。在溪边
很惬意的日子里，我常常能吃到烹炒的、油炸
的、生拌的溪蟹。有红膏的胖蟹固然好吃，如若
遇到刚刚褪了皮的软壳蟹，囫囵而吞，汁水横
流，味道就更美了。

明代诗人李莳也许来过东狮山南麓东源溪门
里的菊花谷。他在《菊潭》诗中颂之："甘菊之
下潭水清，上有菊花无数生。谷中人家饮此水，
能令上寿皆百龄。"菊花谷又称"甘谷"，因谷
间飘溢酥骨菊香，谷水清冽甘甜而得名。柘荣县
第二自来水厂即以溪门里水库为主要供水水源，
库容五百二十九万立方米。

溪门里是香溪甘泉的源头，整个山谷弥漫着
野菊花的淡雅幽香。田埂上，小溪边，山道旁，
星星点点的，到处都是灿若繁星的野菊花。一簇
一簇的，在清风中颔首、摇曳。有的孤芳自赏，
顾影自怜；有的三五成伴，相视而笑；有的宁静
致远，纵情遐思；有的交相辉映，细叙心声……

从前，溪门里有个富家公子与一个勤苦善良
的婢女滋生了感情，婢女名叫菊花。他们过着恬

静温馨的田园生活。一个秋日，富家公子的家里人兴师动众，气势汹汹地找上门来，捆走了公子，把婢女推进了深潭。从那时起，每逢秋高气爽，溪门里便漫山遍野开满了金灿灿的野菊花。

"菊花如志士，过时有余香。眷言东篱下，数枝弄秋光。"菊花谷的传说凄美动人，也许许多花都要经历一段痛苦的过程，才能产生如此诱人的美丽吧？花自飘零水自流，菊花甘，水自甜。柘荣第二自来水厂建在这里，岂不使人飘飘若仙？

木槿流年

何奕敏

在夏秋交织的季节里，匆匆的脚步总会被路边葳蕤盛放的木槿花所勾连，于是，停下脚步细细观赏一番。它原本就是那么平凡质朴的花，花繁多而期长，从夏至秋均可见它一树繁花。

细究起来，对木槿花的喜爱源自童年。小时候，外婆家的院子一角，种着几株木槿花，外公在农闲时总不忘给它们上肥、除虫，很精心地侍弄它们，而木槿花也不负主人的精心呵护，总是在某个夏天的清晨悄悄倾吐清香，用意外的惊喜来默默回报主人的用心。

当然，也有人不喜欢木槿花，比如唐代诗人孟郊在其一首《审交》诗里有云："小人槿花心，朝在夕不存。"借木槿花的朝开夕凋形容人心易变。这真是仁者见仁，智者见智。认真想想，连一花一木都有正反两种不同说辞，更何况凡人呢？这世间哪有完美无缺的事物呢？完美的必是有缺憾的。

非常偶然地，从一位研究植物的朋友那儿，我又得知了木槿又名"朝开暮落花"，只因它早上花开，晚上花落。而这竟是我所不知的，便开始格外留心天天上班路上必经的那株。早晨上班时开着的那朵花，黄昏回家时仍开着。可是，往往第二天一早，我却记不清它是哪一朵了。因为树上的花密密匝匝，太多了。如此一日日过去，我仍是不知早晨开的那朵花夜晚时落了没有，这样几日后便只好作罢了。心想，只要这眼前的花开得繁复不停，愉悦行人，愉悦喜欢她的人就可以了。

这开着紫红色花朵的木槿就这样频繁出现在我的生活中，不论我想起还是忘记。每次见到它熟悉而又亲切的花朵，感觉里好像前一日我还在外婆家院子的木槿树下玩游戏。而今日，早已人到中年，每日为稻粱谋而脚步匆匆地赶着上班，每日从花树底下匆匆穿过，也不知道是否长成了年少时自己最不喜欢的那种人。外公已然成为隐藏在内心最深处的一道回忆了。

当我再次从花树下走过时，心想，不知儿子哪天会看到"紫金岁月"这个词，一如当年的我，然后央求我做一道木槿花炒鸡蛋？我一直认为木槿花的紫与鸡蛋的黄会拼成一幅异常美丽的图画：白盘中盛着紫里带着金黄的清香。在当年，这道菜全不是我想象中的美好模样，因为高温，木槿花的紫色越发乌了，鸡蛋也被染乌。那时，一贯大大咧咧的儿子，他会不会失望呢？一如我当年面对外公端上那盘"紫金岁月"时的心情？

紫金岁月，这样美好的词，却无法用它来为任何一段眼前的岁月命名，在我心里，它是专指那些失去的、已经不再回来的美好时光吧。

即使我无法用木槿花做出色香味俱全的"紫金岁月"，却已然知道：任何一段岁月都因短暂而变得更加美好，包括生命。

茶　事

郑飞雪

　　夜宿伴山客栈，天空下起微雨。雨点稀稀落在门前的茶株上，发出沙沙沙的声响，茶叶与雨水的对话，让人听见云朵在天空飘移的声音。穹门内，两位素衣的女子正专注泡茶，姿影袅袅娜娜，恍如月宫中的白茶仙。关于太姥山的茶事，像一个神话，令人浮想联翩。

　　太姥山，原名"才山"。满山的花岗岩，似乎无关与茶。然而，中国白茶最早的母株——绿雪芽就生长在这花岗岩石缝间。传说，尧时山上住着蓝姓太母娘娘，广种蓝草，练蓝耕织，乐施好善。当时山下流行麻疹，她攀岩采集茶树叶，熬成汤水，拯救了山下疾苦的孩子，用白茶消退了一场瘟疫。百姓为了纪念这位厚德的女子，才山改名叫"太母山"，谐音"太姥山"。山下遍种白茶树，代代流传。太姥娘娘，这位古老的女

神，成了百姓心中敬爱的白茶神。太姥山脉至今
遍种白茶树，漫山茶海，茶青飘香，是名副其实
的白茶山。当地方物种与地质岩貌联系在一起，
观赏太姥山的岩石，仿佛是亿万年前的荒茶树结
出的茶籽，随岁月风化成化石，浑圆、饱满、光
滑，在阳光下闪着亲和的光泽。那光，是慈祥，
是爱，闪耀人间。与众不同的地貌生长出的作
物，以独有的草木情怀，温暖人间。

平时，不胜茶饮，一饮绿茶就茶醉，腿软、
心慌、头晕，绿茶的美妙无法从酣畅的感官升华
到精神境界。对白茶却有莫名的依恋。那年秋雨
飘摇，走进方家山与畲民叙茶话，听畲歌，好喝
的白茶一杯接一杯，竟然不醉，也能安眠。白茶
味淡、毫香，如朴素的话语熨帖、慰藉着尘世的
不安。在白茶原产地喝地道的白茶，是喝茶人的
福气。地理元素构成植物的情怀，一碗茶水蕴含
着山水风情，也蕴藏着风土民俗。

大荒白茶，是再次来到太姥山的另一种遇
见。杜甫诗云："野日荒荒白，春流泯泯清。"诗
句画面迷蒙、昏暗，却给人旷远的野地景象。

荒，即古老、萧条。地老天荒，让人想象爱情神话，也看到荒野的草木源头。在太姥山穿越夫妻峰，攀岩，穿洞，像采草的蓝姑一路跋涉，去寻找野生大茶树。穿石径，拐弯，发现别有洞天，里面豁然开朗，四面岩峰如一道天然屏障，环拥着一座寺院。寺院与世隔绝，听不见外面的风声鹤唳，也听不见草木萧萧。寺门前，屹立着一棵古茶树。古树枝干硕壮，从树干直径推断，茶树的年龄早于寺院建筑。一株茶先于人迹到达这里，定然不是人为种植。这是一株有性繁殖的茶树。天空的飞鸟衔来白茶种子，遗落在岩层土壤里，生根，发芽，一寸一寸生长，它有了天荒月老的记忆。茶树繁茂，遮天蔽日，油亮的茶籽结满枝头。茶枝悬垂下来，轻拂头顶，让尘俗的脚步受持，拭去心上尘埃。站在一树茶香里，我伸手采撷下几片茶青。叶片大而粗厚，手指明显地触摸到分布的脉络。叶片上，每一条脉络都延伸了几百年光阴，经历过风霜雨雪，经历过电闪雷鸣。叶脉的纹理隐藏着天地的秘密，有群峦起伏的线条，有流水的踪影，有云朵的花纹、星星的轨迹。我把那霜、那雪、那露、那雾、那阳光，含进嘴里。经过咀嚼，生硬的茶青慢慢回甘，满嘴生香。同行的友人则是另一种感觉，尝了这古树茶叶，嘴巴又苦又涩。人与植物的亲近，是一种缘。缘亲，成为知己。我与一株百年古茶树，有恍若前缘的通灵。

回甘缭绕舌尖，我如那只衔茶的候鸟漫山穿行。方家山位于太姥山西南山麓，有一片广袤的荒野茶树林，白茶古树覆盖近万亩，遥望山峰，翁翁郁郁，一丛一丛的绿，像海的波浪，接连云涛。踩着厚积的落叶进山，恍惚踩在初夏的雪地里，脚底发出咯吱咯吱的声响，身旁绿树浓荫。在南方相遇一场雪，是多么不容易的事。在南方新茶若雪，却有翠绿的光芒。脚下厚厚的落叶，是用传统的天然落叶堆肥法，给野生茶树施肥。茶用枯萎的身体，养壮另一些茶。荒野茶不惧风霜，不畏酷暑，不怕老去，凋零的叶会在另一些茶树上获得新生。一株茶树的光阴，有生命的轮回。聚集在茶林里，所有的茶都心性自由，健康成长。有些茶树与我比肩，另一些茶树高过我个头，需要抬头仰望。最年轻的茶株，也有三十年树龄，那是风华正茂的茶，有梦，有理想，有足够的胆魄迎向风雨。最年迈的老茶树，据说有五百年寿龄，那是森林里的茶王，茶树中的长老。它经历的王朝比茶山的路还远，它活成了一树仙气。那仙气，是茶叶的脾气，古朴、温和，耐冲、耐泡，回甘、蜜韵。

在茶树林，遇见熟悉的白茶树种，仿佛邂逅一个个故人：福鼎大毫茶、福鼎大白茶、福鼎小白茶……老态龙钟或年轻力壮的茶，它们都是太姥山绿雪芽母茶树的曾子曾孙，传承着先祖古老的基因。花岗岩地表特征和海上仙都气候，使林立的茶树气质非凡、风姿绰约。福鼎大毫树势高大，主干豪迈直立，是茶树中伟岸的君子。它芽梢粗壮、白毫纤长，是制成白毫银针、白牡丹的高级原料。一碗大毫白茶，汤色清亮，清香味醇，有谦谦君子之风，厚德和顺，与君交往，日月清明。太姥山钟灵毓秀，从一碗茶汤里可见品性。陆羽先生在《茶经》里记载："永嘉县东三百里，有白茶山。"距永嘉三百里之遥的白茶山，令人多么神往。如今，我就站在这座茶山上，相遇的每一株白茶，都有陆羽老先生的目光。这茶，是光阴，是历史，是茶圣遥远的期待。

世界白茶在中国，太姥山白茶的美誉吸引着各地寻茶人。他们千里迢迢慕名而来，移植太姥白茶株。但福鼎大毫秉性固执，一经移植外乡，白毫会悄然脱落，毫香、汤色、口味不及原产地。福鼎大毫拒绝漂泊，以深挚的情怀坚守故土。根，深扎于岩层；盈盈绿叶，伸展成深情的家园。一缕茶香，飘散成家园的气息；舌尖上的记忆，萦绕成故园记忆。福鼎人把白茶融进鱼羹、糕点等美食，融进矿泉水、啤酒等饮品，融进沐浴露、洗发水、香水等用品，简静的生活，飘送出翠绿的香气。在太姥山，安静的时光是茶，芬芳的空气也是茶。

午后，同行的文友在绿雪芽山庄举行一场茶会。我第一次体验茶修，穿上茶服，关闭手机，中正坐姿，仿佛一叶新绿的茶，在时光中宁静下来，等待杯盏之中舒张自己。用腹式呼吸法，呼气——吸气——突然，听见杯子磕碰的声音，有人呼噜着茶水，嘴巴发出吧唧吧唧的声响。想发笑，一杯茶怎么也端不到嘴边。面对一杯茶，并不是简单的事。人容易被外界干扰，走过万里平川，面对千里卷云，却难以迎见内心的自己。微闭双目，重新调息。睁眼，一杯茶，静若处子，默然相对。她笑意如春，芬芳四溢。这是茶的仙子，从尘外翩翩降临，在人间作一次精神指引。一生避世的茶，以水的形式契合心灵，化成一缕香，随着体内热气冉冉上升。手心、脚心、面颊，微微出汗。茶，没有一丝言语，将清风、甘露、花香、鸟语，送达人体，通向自然。

传说的绿雪芽母茶树，好像宇宙边缘的一棵树，幻化出无数身影，所有杯盏中的白茶，都是这棵母树身上的点点露滴。我一步一步向上攀登，终于抵达一片瓦，这是传说中太姥娘娘修行的居所。一株翠绿的茶从岩石旁横逸斜出，似一丛绿雪，洁净、轻盈、透明，在阳光下闪着翠莹莹的光。那光，让周围岩峰有了葱茏的绿意。据知，高大磅礴的古茶树被砍了，树桩被雕成茶具，倒一瓢水，不用茶叶，自然就是好喝的茶水。树倒了，根在。老根错节，后人在伤痛的部位嫁接了绿雪芽。老树新枝，鹤发童颜的白茶树，正以高古的格调、温暖的情怀，重返人间。太姥娘娘济世救人的品格，以白茶文化的精神，源远流长……

泛舟寻香

莫 沽

一

剑溪，这一块土地上的母亲河，与这一方人家有着难舍的缱绻，我家也是那沧海一粟中的小小一粟。

20世纪50年代末，古田因建造水库开发电力、发展经济及战备需要，一条大大的拦河大坝从城东拔地而起。彼时，父亲初中毕业，因家里随时都有可能断炊而面临辍学。常言道："车到山前必有路，船到桥头自然直！"恰逢古田县城举城搬迁，父亲利用暑假与周末时间，拉着板车参与大搬迁搬运工作，汗水和泪水延续了他的读书梦。

民国时，外公被国民党抓壮丁关押到城内。傍晚时分，发生哄营，外公等三十多位壮丁冲出城外，一齐跳进茫茫剑溪，守城门的哨兵因仅象征性地连放数枪却没伤及一人，而被枪毙。外公连续跑了七天七夜，一路饮露餐风，至兴田村落足。村前溪流宽阔，外公临溪筑屋，常常独坐溪边，看水，抽烟，发愣。此刻，绝没有亲友打搅他，因为大家透过他吐出的一圈圈烟圈中即可闻得他唠叨的故事，都知道他在追思那一位乳臭未干的哨兵。

早在八百年前，在这一块充满"仁义礼智信"的土地上，还有一位受朝廷派遣追杀朱子至古田"欲甘心焉"的武士，宁愿放弃荣华富贵，甚至宝贵生命，"不肯杀道学以媚权奸"，剑锋一转，往自己的脖子轻轻一抹，血溅古城，义感动天。邑人立庙祭祀，曰"太保庙"，逢年过节供上一炷香，献上一份敬意。

在那芸芸香客中，也有我那斗大的字不识一筐的姑婆的纤弱身影。

二

泱泱湖水，清清如镜。时而微波涟漪，可捕

风之踪迹；时而有萋萋葽葽，如迷雾隐藏无穷奥妙。

"水者，何也？物之本原也！"两千多年前，管子在水边凝思，悟出万物皆结缘于水的大道。人既为万物之一与水又如何结缘呢？人进水退，人退水进，相生相克。"天下万物生于有，有生于无。"老子日日徘徊于水边，有了"无"是"道"的本质与核心的顿悟。孔子带着弟子面水深情凝望，他望见了什么？"知者乐水，仁者乐山。"先生点出的深奥道理让弟子们目瞪口呆。

八百年前，人未退，水未进，湖底的古城熙熙攘攘，剑溪如带绕城而过。庆元党禁风紧，古城向身背"伪学"罪名的文公朱子敞开胸怀。剑溪引月、群星倒影，亦有乌云飘忽其中，恰似林用中、林允中、余隅、林夔孙、蒋康国等十八门人不顾生命安危对朱子的迎接追随。欣木亭，这所由草堂先生林用中创建的书院，是朱子一颗创伤心灵受慰藉的花苑，更是与众弟子授徒论道的交集处。面水格物，穷水致知。"问渠那得清如许？为有源头活水来。"翠竹颔首，冷月含笑，朱子用自问自答的方式道出了水之清澈源于源头活水，人之清廉源于心之澄明的人生哲理。"晦翁朱夫子避地至止，始拓其宇。"明邑人周于仁在《溪山书院记》中记下欣木亭因文公朱子的到来而繁荣的浓重一笔。欣木亭，紫阳讲席，名贤继起，真无愧于文公朱子"溪山第一"的题词！

文公朱子如炬的目光揉入清冷的月光，掠过苍茫剑溪，掠过榛莽群山，在大东杉洋蓝田书院中的一汪慈水中落定，泉池虽小亦如剑溪引月、群星拱照。夜深人静，皓月当空，朱子借月探泉，提壶汲水，生炉煮茶，淡雅的茶香渐次弥漫开来。一蔬一饭，嘉遁养浩；一月一茶，韬韫儒墨。"雪堂养浩凝清气，月窟观空静我神。"朱子心若冰清，平静如水。寒舍虽陋，小小的火炉边却常常宾朋满座，或吃茶赏月，或吟诗论道，那十八门人定然是寻香而来的吧！书院中的《十八门人录》似乎是对这一幅"吃茶论道图"的定格。

《易经》曰："易有太极，是生两仪。"溪山书院与蓝田书院因朱子而群贤荟萃、蒸蒸蔚起，犹如太极生两仪。两仪之泽，奠定这一块土地上的理学之基，侯官、闽清、罗源等周边地区多有学子慕名前来求学，大小书院如笋破土，其中以魁龙、螺峰、浣溪等九个书院为著，故民间流传有"朱子一日教九斋"之说。是为"两仪生四象，四象生八卦"，生生不息也！

"养生谷为宝，济世书流香。"这副由朱子手书的拓本梧桐板联，悬挂在众多老屋厅堂上，被主人家奉为圭臬。"草榻夜移听雨坐，纸窗晴启看云眠。"驻足那一扇扇斑驳的缠枝窗棂前，可依稀听闻瘦弱书生的读书声。朱子三次幸临这一块土地，可谓"实繁俊彦"。仅南宋期间，这一块土地上就走出文武状元各一人、进士九十人。剑溪流水滔滔汩汩，教泽延绵人才辈出，元明翰林侍读学士张以宁，清初国子监祭酒、天下师表余正健，清代福建陆路提督、戍台名将甘国宝等不胜枚举。

"人有耻，则能有所不为。"读书出仕毕竟仅为少数，朱子过化，"邑人从游"，古城妇孺老幼皆知羞耻，胸中有志，明白事之可为与不可为，开启一方新的文明气象，这才是古城人家最宝贵的精神食粮、最大的受益。"读圣贤书行仁义事，立修齐志存忠孝心"。朱子这一副对联，或以八字，或以四字等多种联句悬挂在古城的豪宅寒舍之中，主人家虽贫富有别，但读书修身，行善齐家，治国平天下的持家理念却相一致。

三

船儿航行在翠屏湖上，两岸群山倒影，鸥鹭纷飞，古树翠竹映绿了湖水，一把把的花瓣从船舱内撒出，一些展开身姿悠游于水面，一些随着螺旋桨激起的水浪潜入船底，随即又从两侧或船尾的浪花中探出头来。多彩的花瓣点缀了蔚蓝色的湖水，伴随着流水载歌载舞为船上远行的灵魂送行。

第二次泛舟翠屏湖上，我从一个懵懂孩童走过不惑之年，姑婆则走完了她生命历程的八十多个春秋。我静静地坐在殡仪船上，抚摸着她安睡的棺木为她送行。

船儿驶向姑婆自己挑选的墓地发竹弯，弯里

躺着"从文公游最久"的一代理学大儒林用中。用中，字择之，又字敬仲，号东屏，又号草堂，人称草堂先生。南宋乾道八年，县令林宰获悉朱子的高足、畏友草堂先生的家乡就在岸北的西山村，受聘于尤溪县学，随即修书一封向他抛出了橄榄枝。不久，先生返乡主城北的双溪亭和他家乡的西山书院，县学大兴。文公朱子去信赞曰："闻县庠始教，闾里乡风之盛，足以为慰。"传道授业解惑之余，烹茶煮酒、对月吟诗亦不可少，为此先生还兴建临水骑岩的欣木亭，文人墨客在此聚集酬唱。

芽吐金英风味长，我于僧舍得先尝。

饮时各尽卢仝量，去腻除繁有远香。

茶香清远，佳茗净心。草堂先生好茶，在僧舍得到稀有名贵的新茶，欣喜之余，留下饱含哲理的茶诗。先生去的是什么腻？芟的是什么繁？实在耐人寻味。

祝融高处怯寒风，浩荡飘零震我胸。

今日与君同饮罢，愿狂酩酊下遥峰。

登高望远，峰孤风寒。世事多舛，草堂先生

在祝融峰上"与君同饮",借酒抒怀,酣畅淋漓,不醉不归。

上封台观静,夕霁景偏清。

月下闻禅语,风中有磬声。

风传磬乐,月下听禅。上封台观隔世孑立,草堂先生钦羡诸老清心寡欲与世无争,赠诗之余,亦得禅语。

吃茶净心,饮酒抒怀,赏月听禅,此外草堂先生亦好竹之高洁淡雅、虚心有节。"洞里竹枝遭雪压,何人扶起向明时。"山静景奇,银装素裹,恰是赋诗弄雅时,奈何朝野昏暗,小人当道,君子受害。从这首《后洞雪压竹枝横道》诗中,亦可窥见先生当年奔赴考亭面倾鄙悃、师从儒学集大成者文公朱子的心志,即"吾当求所谓明德新民止至善者以毕吾志"也!学成而归,教化开智,草堂先生对家乡古田的贡献可谓大矣!但真正倍受家乡人民敬重的是,他冒着生命危险将文公朱子接到古田办学,促成"先贤过化",开启一代文风。

草堂先生著作极多,关于家乡古田的自然也

不少，奈何多已遗失。《四库存书提要》曰："用中为紫阳高弟，著作多就湮没。唯此本尚可考见其遗诗，录而存之，庶不致无传于后云。"但从上述录于《南岳倡酬集》的诗歌中，亦可读出先生授徒兴学做学问之余，寄于茶酒月竹的雅兴。

水，为酒之血、茶之体也；竹，疏可筛月，为诗之友。发竹弯，依山面水，鹤影欲飞，发竹青翠，摇曳漏月。生，与竹为友；死，发竹为伴。乌飞兔走，草堂先生一睡八百年，时时听涛，日日有竹，夫复何求？

姑婆一生未进过学堂，常以之为憾事，但受这一块土地的浸染，"见老者，敬之；见幼者，爱之"，一言，一谈，一举，一止，皆崇儒行。她选择在发竹弯安眠，是在了却这一桩未了的心愿吧！

故乡草

刘翠婵

春天一回来，村子就像一个大病初愈的人，气色渐好，从灰黄转为嫩绿，先是星星点点，没几天工夫，这绿就泛开了，从后院的颓墙根一直到山脚、坡地、田埂、溪畔、菜园。像是村中嫁出去好久的女儿们，择了个良辰吉日，又呼啦啦全回来了。

这个时节，草是村庄最新鲜的主人，它惬意地盛开，有点咋咋呼呼。各种各样的草竞相开放，比花儿还要热烈。有的草小得只有米粒大，挤挤挨挨偎在一起，一个春天长下来，还是那么小，看着人心生疼。有的草大大咧咧地长，一个晚上不见，就会蹿出老高。后院一堵不大的矮墙上，就有十几种草在这里聚会。我不知道它们学名叫什么，村里的人是这样叫它们的：糯米草、猫咪草、猪脚草、狗尾巴、狗脚迹、鸡脚底、蜻

蜓草、犁头尖、鲤鱼翅、凤尾梳、一粒雪、过路
蜈蚣……这些名字源远流长，亲切温暖，就像他
们家里养的一只鸡或鸭。听到叫唤，大抵就会想
出草的样子，因为草名多是以叶子的形状取的。
对于它们的功用，村人更是了如指掌，去暑祛
寒，止咳下火，一用一个准。村子是离不开草
的，人和牲畜都离不开。如果没有稻草，就长不
出稻谷，没有稻谷，一年的希望又在哪里？如果
没有各种各样的草，牛吃什么，羊吃什么，猪又
吃什么？鸡鸭鹅不怎么吃草，但有草的地方，就
有它们肥沃的粮食，各色虫子随时恭候着它们的
到来。猫和狗不吃草，看牛羊吃得舒坦，它们似
乎也馋了，有时忍不住也要用嘴巴拱拱草儿嫩嫩
的叶子。

稻草香甜。稻谷在草叶上扬花，抽穗，凝结
一年的希望，从嫩绿到金黄，村人忧心忡忡地牵
挂着。当金黄来临，村庄就丰硕，香喷喷的气息
萦绕在村头村尾，像村口溪流哗哗的碎语，止也
止不住。稻草在我心里是一种有温度的草，它恰
到好处地温暖了我童年的许多个冬天。那时夏天

收割完，每家每户都会在稻草堆里挑出一些长得好的草杆，晒干后扎成草垫，待到冬天铺在席子下，就是暖了。

看牛羊在溪畔吃草，是春日里一件让村人开怀的事。牛羊各据一方吃着，牛好似一位老者，吃得沉稳，不疾不徐，大嘴过处，草上最鲜嫩的部分就进到它们的口里，再一咀嚼，草香儿便从牙缝里溢出来，看牛吃草，确信草是有芬芳的。羊生性胆小，见牛霸在那儿，远远地找一块地，像小媳妇，小嘴急急掠过草面，恨不得三口两口就吃好。吃着吃着就吃到牛尾巴下，牛尾巴一甩，把羊惊出一身冷汗，一下子蹿出老远。

盛开的草，漫山遍野站着，站成村庄一季一季的依靠。村人年复一年精心侍候着牛、羊、猪，把牲畜们侍候成自己最贵重的财产、最巴望的眼神。猪草长在每一个适宜的角落，四时不同。村人张罗猪草，就像张罗自己的口粮。雨下多了，急；天旱久了，也急。柴草，一摞摞堆在檐下或屋角，噼噼啪啪煨热了村庄无数简单而朴素的饭菜、绵长而清贫的日子。

很多不知名的草，长在村庄之上，墙头、瓦顶、乱石堆，无处不在且长势良好。长在屋顶上的草带着一身的侠气，春归时醉享天涯春风，夏日里骄阳烈焰缠身，挺到秋来又要饱尝风霜雨雪，冬临就化作檐角的一撮泥土。这样的草，孤独地长在高处的瓦上，是藏在村庄深处的魂魄。死了一拨，瓦就黑上一层，村庄就在它们一次次死去活来中渐渐老去。

一些废弃的墙头上，每年都有不同的草在长。生在废墟上，便是野草了。伫立风中，它们的命运并不会随村庄的命运起伏。除了神，只有野草可以在废墟上歌唱。

有了盛开的草，村子就像有了一件压箱底的衣料，大太阳底下一抖，就会抖出许多难言的气息。

草的一生是一个四季轮回，村人的一生是六七十年或七八十年。村庄的一生又是多长？我以为，所有的村庄都应该是长生不老的。可是我看着它渐渐不在了，最初是人声在这里低落下去，接着是牲畜开始稀疏，最后是草爬满了老屋的许多角落。在屋里盛开的草，丧失了平原上的芬芳，因为此时的它已是荒草。

溪畔的草地，几只孤独的羊在吃草。有成群的牛羊在吃草，是村庄和村人为数不多的愿望，这样的愿望曾经很饱满，现在却像西风一样瘦，像摔碎的大海碗，七零八落。村子一步步离草远去，过去长满炊烟的地方，被草淹没了。屋脊开始塌陷，瓦片纷纷坠落，所有可以离开的都遁形远去。不能离开的，无法离开的，只好留给岁月去割舍，留给杂草去抚摸了。

六十多岁的老姆在门口撑了一夜，半夜里她上吐下泻得厉害，身边没有人，没有温暖的问候，没有焦急的身影。只有风，在田野穿梭；草，在暗中匍匐。胡乱吞下一些不知治什么的药，老姆拖着自己来到大门口，她想也许过不了今晚，如果死了，总有过路的人会发现。第二天，她醒得比日头还早，只是头发像杂草一样蓬乱。老婶摔了一跤，手腕骨折，吊着手臂在水田里拔稗草，用一只手剁猪草。老叔的猪病了，暮色中他心事重重地走过田垄，十头猪是他的辛苦和依靠。兽医来了，但猪没能好起来，他一年的心思就被抽去了十分之一。他们的孩子早已离开村庄，成了城市里的草。孩子们很少很少回来，也许落草城市会比落草乡间强。村庄与他们除了一息尚存的老爹娘外，已没有任何瓜葛。有一天，当爹娘死去，成了坟头上的草时，他们才会回来，然后，更彻底地离开。

村子里一个上了年纪的老人在沉睡中死去，这于他来说是一种最得体最幸福的死法，不用劳烦子女们奔波，不用拖着疲弱之躯苦等油尽灯枯。村庄又少了一个人，村上的草又多了一棵或一丛。老人们总说自己的命和草一样贱，到头来只有草可以做最后的陪伴，在灵魂没入土地的时候，一生的凄苦都化作了来年坟上青葱的草叶。

草是有来生的，无论死得多么难看，春风一点染，它就又是芳草了。村庄和村庄上的人们没有来生，一旦离去，永不回头。

远方的村庄

何 钊

有一阵子，我一直向往着那些远方的村庄。

那些村庄的景况现在已经广为人知，并被津津乐道——凤凰的古朴、婺源的美丽、乌镇的传奇，以及丽江的风情。从旅游回来的朋友那里，我听过它们的故事。在无所不有的网络，我找到过它们精致的图片和很煽情的文字。它们美得如此轰轰烈烈，所以，那阵子，我计划着要去看看。

但就像所有不成功的策划一样，想去远方那些村庄的计划一直没有实现，尽管有的不算很远，比如婺源和乌镇，只在邻省。计划搁浅，没安排好时间是一个原因，另外它们毕竟不是在身边，再近也要来回几天，得掂量荷包的分量。

5 月，为了了解农民增收情况，我们到了蕉城的赤溪、九都贵村和七都溪池。这些都是身边名不见经传的小村落。即使是乡镇所在地的赤溪，也仅仅因为尚武的风俗曾给我留下过一点印象，其他的甚至一点印象都没有。它们像不起眼的花草一样，散落在公路边小村道的深处，在地图上几乎找不到属于它们的那个点。

原以为这只是一次单纯的下乡工作。半天的时间里，看鹅卵石铺就的道路光洁圆润，看阳光从树叶的缝隙里闪烁过镜头，听河水从堤坝跌落下来的声音和鸟鸣声交织着，忽然就想起那些远方的村庄。

远方的村庄，它们也像我看到的一样吗？

我记起朋友和我说起丽江风情时，绘声绘色地描述过小镇白天的静谧和夜晚的灯光。我没有见过那些场景，他的叙述让我发现了另一个视角。我从朋友的博客里见到过婺源，那些美丽诱惑的村庄画面，连片的油菜花在镜头里蒙眬成一片金黄的海洋，让我神往不已。我还从电视的广告里看到过一望无际的大草原，那些从蒙古包里探出头来的牧民，他们的脸蛋通红通红，笑得连花儿都要嫉妒。

　　我确定，他们所见到的村庄，与我见到的并不一样。在贵村的雁落河里乘坐着古老的渡船，耳畔是同行的伙伴们快乐的欢笑，湍急的河流把青山的倒影摇晃成零碎的片段，就连这条河的名字也让我们在车上谈论许久，这些事情我从别人的照片和文字里看不到。在贵村的小巷里，穿行在明清和现代之间，古老的青砖瓦房透露着一股没落的繁华，乡村工匠留下的笨拙可笑的石雕，洗得发白的窗棂雕花尽管古远，却依然刀法生涩、造型简约，我的镜头留下的图片他们也许也没有见过吧。

　　在整理图片的时候，我再次惦记起那些远方的村庄。其实村落都没有什么不同，无非是远和近、繁荣与萧索，所不同的是看的人和看到的人。我向往那些远方的村庄，因为别人去过了，而我没有。我对它们的印象，来自别人的感受，从他们的述说、文字和图片里。而我身边的这些村庄、这些记忆是我自己的，我从我拍摄的图片里看到的不再只是静止的画面，一角屋檐、一棵树，甚至一朵花、一片叶子，都浓缩了捕捉光阴时的快乐。这些快乐，在我翻阅图片的时候，又从图片里飞出来。

我拍的图片发在微博，收到远方朋友的惊叹：太美了！这是哪？我身边的村庄、我收获的快乐、我的视角，对他来说，就是一个遥远的美丽。

村庄如此，人生也是这样。我们崇拜着远方的英雄，对身边的人却总是熟视无睹。其实英雄们那些不平凡的事迹，只是别人的描述，是出自他们的审美标准。假使就在身边，有几个人能从那些琐碎的事情里看出英雄的本质？就好比这些躲在时光深处的小小村落，它们的美丽，我总是视而不见，屡屡擦肩而过，要隔了时空，才听见远方传来的喝彩。

远方的他们也在向往着我们身边的村庄，就像我们一样。如果机缘适合，又不成为负担，远方的村庄当然还是要去的。但如果不远万里仅仅是为了寻找别人眼中的美，那还是从身边的先看起吧。

听 潮

张敏熙

一

一个回眸，足迹凝成了岁月。一阵风云，故事酿成了光阴。

当古老的"长溪"被岁月的洪流冲刷出一片"霞浦"，当金秋的落日如闪亮的珠贝铺满了海滩，我来了。

我赤脚走在海堤上，把自己想象成拣珠拾贝的渔家姑娘，母亲和炊烟构成生命的灯塔，使我从未迷失在九曲十八弯的海岸。闭上眼，我又仿佛是手执梭子的渔嫂，青春和亲情全都拴在小小的连家渔船上，跟随波涛激荡起伏。

"网红"海滩，人群如流。年轻人或成双成对漫步海滩，或成群结队兜风岸上，扮靓古老的渔村。远道而来的"好摄之徒"们有着千奇百怪的装扮和装备，他们胸前挂着长枪短炮，观海鸟，看日落，步移景换，抓拍不停。我的同伴已经跟随大流，追风逐浪在水滨，借助镜头去窥探蔚蓝的秘密。蓦然回首，瞥见一对相依相扶的老者，他们在霞光中平静相守，成为一抹迷人的夕照。潮水推着潮水，从海上向岸边赶来。巨浪拍岸后如雪花般纷纷绽放，撞击我战战兢兢的心扉。在这号称全省最长最曲折的海岸线上，每天都有来自四面八方的人群，赶赴海潮约会。

二

下午四五点钟，我们集中到三沙镇一个名叫东壁的小渔村。海水安静下来，人群安静下来。声名远播的"东壁日落"开始在这个面朝大海的村落上演。置身其间的每一个人都被渲染成一道风景，我是众多临时景观中的一个。这一方奇幻的天地吸引了太多行走的风景，人群不约而同地汇聚融合在这里，如同各种鱼群虾贝在水下聚集，大自然之间所有生命体的默契相安让人无端欢喜。

霞光之城，浦上传奇。这是秋冬紫菜成熟季

节，海面一片诡竿谲影，船只穿梭其间，落霞成金，魅力无限。这时，海滩上陆续出现渔民劳作的身影。正如网络上传闻的，这里是全国十大"摆拍"现场。"摆拍"又何妨呢？如果能把自己点缀到霞光之中，通过"海滩走秀"参与艺术创作的环节，又何尝不是光荣而伟大的劳动！美术界自古使用模特无人非议，面对此情此景，我不但特别认同摄影也要适当的引进模特形象，甚至很想让自己化身渔婆，以蹴成天时地利人和之意境。可喜的是，为配合纷至沓来的摄友们进行滩涂海耕摄影创作，这里的渔翁渔婆们早已谙熟各种动作姿势。近年来，有数以万计表现霞浦滩涂风光的摄影作品在国内外重要赛事中获奖、入选，渔民们功不可没啊。

辽阔的海天是落日演出的背景，这一片顿时寂静的海滩才是真正的舞台。终于，大自然奉献给黄昏的精彩剧目结束了。作为这台演出的主角，落日提起她镶着金边的裙子，依依不舍地离开了这个海滩，隐藏到海天幕布的另一面。那些从四面八方赶来为落日捧场的虔诚粉丝和浪漫观众，他们或心满意足地收起相机，或意犹未尽地收拾行李，陆续离开了。

而我，不想离开，甚至不能离开。因为，渐渐涨起的潮水悄悄吻住了我的双踝，暮色中的点点归帆牵扯着我的目光。夜色中，我已融入这个名叫三沙的小镇，我把自己交托在小镇的黄金海岸线。

三

"十里湾环一浦烟，山奇水秀两鲜妍。"沿着留云洞拾级而上，我似乎看到了宋代诗人谢邦彦又一次惊艳于家乡的山海奇观。还有晋之葛洪、唐之空海、宋之朱熹，不知多少高士名家曾流连吟哦于此？他们是否也徜徉于这留云生风的夜晚，陶醉于这水天相契的涛声？欣赏着摩崖石刻，"海东胜地，留云纪胜""风怒涛飞，巨浪狂啸""流云听涛""天风海涛"。我想，这些在留云洞作各种题刻的名家，他们一定和我一样，曾经特意空出几个风轻云淡的夜晚，小心搁置起生命中纷纷扬扬的尘世诸事，把自己留在远离喧嚣的滩头沃口，细心观赏弯弯曲曲的水波在海滩上画出一道道繁复多变的纹理，耐心寻味大海在暮色下呈现出不同于白天的神秘基调。

坐在民宿前的一块礁石上，身后万家灯火，眼前一片迷离。听着海水们简单地重复着同一种哗哗声，加上远处广场舞音乐作为背景，很是惬意。恍惚间，我想起风流才子柳永的《望海潮》："东南形胜，三吴都会，钱塘自古繁华。烟柳画桥，风帘翠幕，参差十万人家。云树绕堤沙，怒涛卷霜雪，天堑无涯。市列珠玑，户盈罗绮，竞豪奢。"我想，这位闽北老乡在钱塘所望之海潮，与此刻我眼前的"东南形胜"何其相似啊。而今的海滨小镇，楼宇的夜景工程与大型船只上的彩灯遥相辉映，其"繁华""豪奢"程度与当年的杭州大都会势必不相上下。

海涛的弹奏越来越强烈，不知什么时候，海平面已经悄悄上升两三米，我只好向更高处转移。

四

当我在海堤尽头的一块漂亮整石上坐着的时

候，一位长裙飘飘的姑娘径自走到我身边。

我环视四周，虽有一些散步的、约会的人影在天涯海角各个旮旯儿忽隐忽现，但确实只有我占据了最佳位置在认真听潮，她投奔过来也是有道理的。

我朝她友好地点点头，示意她在我身边坐下来。

"我男朋友再过两个小时就会回来了。"她轻声对我说，"我每天都到这里等他。"

原来，我坐的是人家的位子啊。

姑娘说，她男朋友是替人跑船出海的，有时候跑长途，要十天半个月才回来，近期跑的是小海，每天都会回来的。

姑娘介绍，这潮汐每天有两次涨落，称"半日潮"，涨潮和落潮的时间段相等，都是大约六个小时。今天是农历初三，属于大潮，下午5点半落潮，晚上11点多涨到最高潮。明天早上又是5点多落潮，到明天中午11点多又达高潮。大潮日，潮水涨落相差六米左右，再过一个星期进入小潮日，涨落差度就只有两三米了。所以呢，当地民谚说："初一十五涨大潮，初八廿三见海滩。"

有人说，背上行囊就是过客，放下包袱就找到了故乡。我本来只想浮光掠影走三沙，而此刻，我确定要在这里与光阴从长计议了。

涛声依旧。潮水马上就要达到最高位。

一抬头，我似乎看到母亲和炊烟构成生命的灯塔就在前方召唤。

当我与姑娘说"再见"的时候，我相信，其实我是在说：不管是大潮日还是小潮日，我都会再来。

因为，我要倾听这千年不变的涨涨落落的潮音，倾听从这里匆匆辗过的时代跫音。

一棵 "神树"

甘湖柳

一个久雨初晴的日子，我们来到棠口乡西村的坑口溪林公大王殿，专程探访殿前的一棵"神树"。

到村口下得车来，一下子就走进了陶渊明诗情的无限幽谧中，绿草闲花，远雾弥漫，空气中氤氲着泥土潮润的气息。这么安闲的一个地方，最适合生长一些钟灵毓秀的风水树。村庄四周林木葱茏、枝柯交叠，入眼尽是绿色，是粗壮的栎树、梓树、樟树，以及各种不知名的风水树。它们伸展出一条条巨臂虬枝，展示一身刻满岁月风霜的纠结的筋骨。乡村在树林的环抱下，显得格外宁静安详。

而这棵冠盖如云的老树，独立于身后那一大片树林，盘踞在林公大王殿门前的一大块空地，显出不凡的风骨。至于它占地有多大，我们还一时估量不出来，不过，与旁边的凉亭对比来看，它耸入云天的树端展开一丛巨大的枝丫，托起一片如冠如盖的翠色，端的可以称得上树王。想起刘备老家旁边的那颗参天大桑树，"高五丈余，遥望之，童童如车盖"。刘备幼时便喜欢在那树下，与伙伴们玩君臣游戏，指此桑树为其青罗伞。

不知眼前的这棵老树，曾经为谁撑起过"青罗伞"？伴谁走上康庄大道？

我的这种胡思乱想，还真是有些想对了！这时，见有一位荷锄老农从树下走过，我们上前与他交谈。"它的神奇，就是神在这里：晴天下雨啊！"老者脸上镀上一层神秘的表情，指着那棵老树告诉我们。

顺着他指的方向仰望上去，果然，骄阳曝晒之下，大树的枝叶在晴空中，正飘散着丝丝缕缕、似有若无的淡淡的水汽呢！

对此情景，我万分惊奇。这种树，永远伴随着我们童年的记忆。入秋时结出的鲜艳小红果，飞鸟啄食过，我们小时候也都贪嘴摘食过，这是一种多么亲切的树种啊。然而，这样的"晴天下雨"的现象，我们竟是第一次如此留意过。回家之后马上查阅资料，原来，它就是被列为国家一级重点保护野生植物的南方红豆杉！它是第四纪冰川遗留下来的古老树种，在地球上已有两百五十万年的历史了。红豆杉木材纹理细密，是根雕、木雕的好材料，许多追逐暴利的不法商贩参与其间盗伐贩卖；而听说树皮含有抗癌特效药物紫杉醇，就有人盲目地将树皮逐个剥光——这样，加速了红豆杉濒临灭迹的程度。至于为什么，红豆杉会在雨后晴天蒸腾出大量水汽，资料告诉我们，正是由于红豆杉的纹理细密，在雨天蓄积大量的水分，当天气转晴时，随着外界空气湿度减小，就向空气中源源不断释放水分——大自然植被在涵养水源、保护环境的功能，就是这样产生的！

在山区，几乎每一个古老的乡村都有同样古老的大树相伴，我们称之为"风水树"。寒来暑往，生命的轮回延续着单调的岁月，光阴之尘静静地飘落在寂静的旷野上，点点滴滴，在大树的臂弯积土成壤。而树就这样长着，一直在长。有容乃大，它是容纳了太多的风云变幻和沧海桑田，才有了这伟岸之躯和不朽之魂。那透着灵性的枝丫撑起一顶庞大的树冠，汲日月之精华，融阴阳之真气，自由自在，生机蓬勃，大树的浓荫像一道天然屏障，围出一个世外桃源，庇护着村寨，护佑着乡民。风水树，其实凝集着乡民对自然环境的共同守望。

风水树发挥了保持水土、保护水源、抵御台风的作用，在村庄周围形成了一个小规模的良好生态环境，使其免受山区常见的山体滑坡、泥石流等自然灾害的侵袭。

那些美好的情愫，也许正是守护风水树的神之灵吧！

老家有戏

刘岩生

戏台

关于童年，我能想得起来最有生趣的地方，是戏台。

老家凤阳，国家非物质文化遗产寿宁北路戏的发源地。村里有两座古戏台。一座在临水分宫中，一座在刘氏宗祠里。不过在早年，临水分宫被改建成我们就读的凤阳小学。那座建于乾隆年间的古戏台一直闲搁着。偶有动静，便是我们的六一儿童节表演。倒是祠堂里老得咯吱作响的古戏台，人气颇高。这乌黑的纯木建筑数米方寸，在乡土民间司空见惯，但在物资相对匮乏的年代里，却凭悠扬婉转的唱腔道尽万千苦乐事，唤来十里八乡人。

实际上，在我们那一带乡村，一座宗祠，必

定有一个戏台镇守着。这戏台，在民间老者口中被称作"万年宝台"。它们安放在族落聚居的中心，以略显粗糙的乡土曲艺，传唱着千万年时空中细腻的人情内里。抑或是人们想借这一隅，让先贤祖训、精神操守绵延成为传家宝。于是，人在一代一代更迭，戏在一本一本传唱。当大地向晚归于沉寂，戏台上的情节却此起彼伏开来：才子遇佳人，骨肉离亲生；英雄恨暮年，红颜叹终老；良臣洗蒙冤，奸逆得报应……这浓缩着善恶美丑，披沥着是非功过的万年宝台啊！演者入戏，观者动容，怎一个趣字了得。

戏班

村里很早就有个北路戏班，乡亲们叫它"凤阳横哨班"。印象里，戏是从秋收后开始排练的。我第一次听戏听得入迷，是上小学一年级时。入冬以前，生产队集中各户在刘氏宗祠里按劳分配主粮。我们家缺劳力，每每挨到最后一户分成，并领回一些次等的稻谷和地瓜。身为民间匠人的父亲已经出门赶工从事弹棉手工艺。母亲带着我和姐姐等在乍起的寒风里。人们渐次挑走自己的稻粮，祠堂偌大的厅堂里空落下去。但古戏台上，三五名角儿依然昂扬着练声。唱词其实捉摸不清。但我隐约分辨得出哪一段是悲苦，哪一段是喜乐；哪一段是配角巡台，哪一段到主角出场。那个演小生的运足气力出口的几句，是母亲逐字解说给我听的：

> 过了春夏又交秋，穷生只把功名求。
>
> 今日苦读守寒门，明朝骑马进高楼。
>
> ……

这段唱词后来每每被母亲提及。入冬的乡夜，隔着土墙巷道的祠堂里，飘渺出关不住的音韵。它和着墙角的蟋蟀唧唧声，成为美妙的背景音乐。我们就着煤油灯写作业。一旁纳鞋底的母亲就老爱哼着这几句。顿时，少小的心里就透进了光。仿佛，人世间所有受着的穷和苦，都是值得的。仿佛，前头的好日子总是可以期待的。

后来的我，就愈发着迷看戏。大戏开演前，祠堂里一场接着一场排练。我有时早早赶完作业，就猫进了祠堂。天一擦黑，裤管还沾着田泥的艺人就来了。半明半晦的汽灯光里，吊嗓，串词，后台对调；打马，走边，前台练功。那些平日里熟识的大人们，一改言行印象，仿佛就穿越到远古里去了。前门的步宋叔，戏里饰花脸，听他的唱腔"那锄头三百斤呐，半夜寒霜降，唉不唉叹不叹呐……"，真是把人世百般艰辛演到令人唏嘘了。

一待大戏上演，那就气势磅礴了。每年的农历正月和初夏农忙之后，农家人一段慢时光来得闲淡而从容。"请神戏"和祭祖"闲戏"，呼之即出。这分明是男女老少最盛大的感官盛宴，也是走亲、会友、约心上人的绝佳时机。平日里分散在邻近小村和田间地头的艺人集结而来。十里八乡的看客也不请自到。台下有卖小吃的、交耳攀谈的、架腿摇扇翘首以盼的大人，也有在人群里躲闪凑热闹、挤后台看化妆的孩童。横哨悠扬、锣鼓铿锵处，艺人们从古风丽影里婀娜腾转而出，一个个古老的故事就在古戏台上张扬出来了。依稀记得最好看的是《纸马记》，说的是才子遇害，佳人被掠，仙姑赠宝相助，义士舍生成仁，包拯断案锄奸洗冤的故事。人间天上，文武同台，对白诙谐，歌舞翩跹。听着听着就有了亦真亦幻之感。那从邻村来扮演戏中青衣的女子，本身就美得养眼。化妆登台，舞一袭水袖，就把下凡的慧娘和她的遭际唱得令人百般疼怜。唱到凄绝处，一句一泪，梨花带雨，惹出台下看客漾起泪光一大片……

戏迷

戏演久了，戏迷就笋一般冒出来，遍布村巷邻里。

当曲终人散，演员归本色，看客下田园。昨日台上的生死起落、爱恨情仇随之融入记忆里，轮回到现实中，口耳相传成村庄往事的重要章节。在我老家，非但在舞台上、艺人嘴里，就连挖地荷锄的、打柴挑水的，大多也能随口哼来那些北路戏唱词。我有个同屋的堂哥，下地归来，进了家门，挂在嘴边就是戏里开场白的那句："文官把笔安天下，武将提刀定太平。"第一次听，你以为他昨晚看戏只记住了这句开场台词。

第二次，第三次，你听着听着，就误觉自己也身处盛世里去，天生我才，大有抱负了。

我对戏的执迷似无可解，只是有着血脉合拍的熨帖。直到父亲去世三年后的前阵子，一场村戏，一位和我父亲同台演戏过的同姓堂叔这样注解："你这样爱戏，是遗传你爸吧!"——他在我工作单位的报纸上读过我为老家北路戏沉浮写过的多篇报道，并一一收藏下来。

其时，凤阳北路戏班在息演二十年后，开锣复出，登场献演，地点选在曾是我母校的临水宫古戏台上。当天上演的剧目是《齐王哭将》。我不说戏里钟离春班师凯旋如何受到捧迎的极尽堂皇阵架。我单说父老乡亲是如何久别重逢的惊喜——人与人，人与戏。那天，母亲邀约着婶母、叔婆们早早到场。我能历数得上来健在的村邻老者也几乎坐齐在观众席。而演过武生的我父亲、演大花的良第叔、演丑角的协弟叔公、演老生的章第叔公……已经辞世长眠。曾经以为生老病死长别离只是戏中事。倏然转眼，深敬深爱之人已活在前尘清梦里。眼前这影影绰绰的戏里戏外，霎时氤氲出一层薄凉来。

一曲间歇，在戏台一侧的昏黑厢房里，"老戏骨"们和我长谈，回味着那时的艰辛和精彩。说，我父亲早年在"阿凯班"里挑戏担，还学上手了演武生杨宗保，可威风着呢。还说，那年月"戏子"苦，后来戏班一度散了，他改行从事手工艺活，所到人家，能把舞台故事复述得生趣绕梁，聚听者众。我也曾是父亲的故事迷。但每每好奇，斗大字不识几个的父辈，如何就能把戏里物事演绎得让人刻骨铭心？直到中年，方被一语点醒：留个心，处处是戏台！

待到幕落，这古老的戏台竟恍惚成童年幻景。再回首处，已然半生翻页。那泥土里长出的拙朴北路腔里，依然听到有人在悠悠哼唱：

　　高山凹凸年年在，风吹柴门吱嘎开。

　　日月如梭度春秋，水到江河噼啪流。

　　……

半生讨海半生闲

郑家志

白马江畔，和风细浪；举目远眺，山海苍茫。

美丽的三都澳白马港，金黄色的塔吊在夕阳下特别醒目，远远地就可以看到高耸的吊臂在海与岸之间忙碌着。

白马港是闽东的"黄金水道"，是福安湾坞与下白石共享的海域。下白石原名黄岐，是福建历史上的名港名镇，水陆交通极其便利，是商贾云集的良港，盛极一时。下岐村就在这历史悠久、充满生机的白马江畔，坐拥一方风水宝地，流传着一个"半生讨海半生闲"的神奇故事。

20世纪80年代初，还是少年的我因为参加学生夏令营的机缘来到下白石体验了一回讨海的生活。那时候，下白石是经过甘棠通过一条砂石公路进入的。下了落满灰尘的客车，一眼就可以看得到海边，五颜六色的小木篷船歪歪扭扭地停泊在乌黑的泥滩或乱石砌筑的岸边，海浪摇晃着渔船和渔船上黝黑黝黑的渔民，海风把大海浓浓的鱼腥味吹上岸来，送入每一个人的鼻孔里，海的味道就这样给我留下了最初的印象。下岐村在下白石镇的地理位置得天独厚。她背山面海，风光秀丽，内联集镇，外接的白马港水深港阔，是闽东沿海船民上岸定居第一村。

一进下岐村，我们眼前为之一亮。先前对渔村捕鱼晒网、售卖杂鱼蟹蚌、充满鱼腥味的印象荡然无存。崭新的柏油进村公路两旁商铺林立，渔民鳞次栉比的新居依山傍海而建，红色或灰色的斜屋坡顶和米黄色的水泥漆墙体交相辉映，层层叠叠地从岸边山脚一直延伸至山腰直至山顶。俯瞰静谧的白马港海天一色，温情脉脉的海浪就在我们的脚下缠绵。海面波光粼粼，岸边树影婆娑，渔歌唱晚，天地相谐，正是拍照的好光景。

沿着青石板铺就的村道走入村中，村委楼首先映入眼帘，周围的墙面上，鲜红的党旗造型的宣传栏特别抢眼。在她给我们介绍村情的字里行间，我能感受到那是她自然而然的真情流露。村委楼两旁的花圃花带边沿用大块厚实的光面石板材铺设，可以坐人，五六十岁的渔民一个一个紧挨着坐着，一边聊天，一边看路人，享受着黄昏前的清凉和惬意。他们也和我们打招呼，回答我们的问题。"你们不要修网补网吗？""现在基本不要了，最近又是禁海期，我们靠网箱养殖收入够了。"原来，先前我所认识的连家船民的生活上岸后已经发生了翻天覆地的变化。

连家船民，又称疍民，生活于福建闽江中下游及闽东沿海一带，传统上他们终生漂泊于水上，船连着家，船就是家，故名。"一条破船挂破网，祖孙三代共一舱。捕来鱼虾换糠菜，上漏下漏度时光。"这是连家船民的真实写照。连家船民的渔船比较特别。船的最头部的船舱用于储存淡水；第二个舱用于存放捕鱼工具和捕来的鱼虾；渔船中间部分是生活区，船舱里可以存放一些大米、棉被；船的尾部用黑色罩子围起来就算作卫生间直排水中。这样一艘小船，是当时连家船民饮食起居、营求生计的唯一场所。他们世世代代以讨小海为生，终生漂泊于海上，生活质量很差，台风天经常心惊肉跳，生命没有保障。因此，上岸定居成了连家船民一代又一代人的梦想。

下岐村造福工程安置点便是这一代连家船民梦想实现的天堂。进村安置点的第一户是下岐村136号，这一户就是2000年时任福建省省长的习近平同志到下岐村再次调研时入户的人家，这户渔民叫江成财。村干部介绍说，习近平同志当年到他家里的时候，掀开他家的锅盖，看一下他中午吃啥，看到桌子上虽然是中午吃剩的，但是有鱼有肉有菜吃得还不错，欣慰地点点头，还勉励他好好努力，做致富带头人。江成财的命运从此发生了转变，他在习近平同志的关怀鼓励下不懈奋斗，如今已成为村里的传奇人物。今天，"下岐村136号"不仅仅是一户上岸定居渔民的门牌号了，它更是某种精神的象征，深深地烙在了大家的脑海中。

我们继续逐级而下，就走到了下一排渔民房子的巷子。在空旷处稍稍仰头，下岐渔民的上岸定居连片安置点一览无余。同行的文友回忆说，十年前这一片房子"全部都是低矮的"，后来有的加盖了一层，有的加盖了两层，有的盖了三层，参差不齐，看不到美感。如今，这些依山而建的房子被修葺得整齐划一、层次分明，外墙色彩明丽，十分符合渔村人特有的喜爱赤橙黄绿颜色的特点，感觉每一户都窗明几净的，煞是好看。我天马行空地想象，如果有人在这里开发民宿，说不定这里会成为无数年轻人约会神往的地方，说不定也有"十间海""一米阳光""忘忧草"等一些浪漫诗意的名字成为网红！或许，你还可以在这里体验每一个建筑所承载的连家船民历史变迁的"渔文化"。或许，你还可以聆听这里每一座房子里流传着的连家船民上岸的"喜怒哀乐"的人间故事。

站在渔村半山腰的文化广场上，手抚着象征连家船民文化的仿真连家船，我突然纳闷一个问题——曾经"上无寸瓦，下无片地"的连家船民，后来是通过怎样的方式获得岸上的土地和房子，并定居下来、繁衍下来的呢？围着我们的渔民聊到这些问题倒是如数家珍，他们七嘴八舌地说开来：1997 年政府实施"连家船民"造福工程，政府实行统一规划，统一征地，统一基建，统一补助，土地一分钱不要出，建房子政府还有补助，这才有今天。这些渔民大多都出生在船上，谈起搬迁的往事，都有点兴奋。半生漂浮海上、半生在岸上的一位渔民回忆起十五年前从船上搬迁到岸上的"好日子"时说："那天，我们全家高兴得整个晚上都睡不着觉，感觉幸福怎么就这样来了！"一句朴素得不能再朴素的话，一个简单得不能再简单的幸福啊！——"幸福就这样来了！"也许，真的是幸福来得太突然的缘故，让这位连家船民一家确实兴奋得无法入眠。也许，终究是几代连家船民流传下来的头枕波涛才能睡觉的特别基因，一时还不能习惯在安静而牢靠的床上睡觉吧。毕竟此"床"非彼"船"也。

"上岸的第一天就这么激动了，睡不着觉。往后，我们还得守着这座房子，下一步该怎么整、怎么弄呀？"许多渔民的担忧不无道理。没过几天，搬迁到岸上的渔民，又有一部分搬回了连家船上。的确，民以食为天，安居还需靠乐业啊！这可急坏了村党支部书记，帮助和服务好他们在岸上住下来，稳定发展，这只是万里长征走出的第一步。正如当年习近平同志所要求的："安置好所有连家船民，更要解决他们上岸后的生活出路问题。"要"搬得走、住得下"，还得"稳得住、富起来"。"临海而居，自然还是要靠海吃海，不过吃法与以前不一样，重在发展海上养殖业。"

选择总是痛苦的，也是智慧的。"住得下，还要富起来！"上岸后的下岐村民，因地制宜，大力推进海洋捕捞业和水产养殖业发展，船民们过上安居乐业的新生活。据村支书介绍，村里后来花了两万余元向围垦农场转让获得了这一片养殖场，有四百五十亩，还盖起了四座商品房，可以住一百二十户，现在大部分渔民过上了比较悠闲的日子。这正应验了那句话：梦想总是要有的，万一实现了呢！我想，这块陆上的土地对连家船民来说意义非凡。我们迫不及待地想到下岐村连家船民的这一片集体养殖场去看看，同时会一会下岐村 136 号那位传奇的人物——一个"半生讨海半生闲"的"连家船民"上岸代表——幸福的"养蛏人"。

离开下岐村已近傍晚时分，斜阳洒在渔村的屋顶反射着鱼鳞般的光芒，灵动而不刺眼，跳跃而不张扬。从白马港的南岸绕北岸开车将近需要半个小时才能到达下岐村的养殖场。这是一块滩涂，是一块通过政策机遇加上勤劳节俭造出来的。曲曲折折的进场生产道路并不太好走，黝黑的泥土砂石路是渔民用汗水筑就的。砂石路的尽头是养殖场水产品收集交易转运的场所。一下车，就看见三五个戴斗笠的妇女围坐在一起，快速拨动着她们灵巧的双手，将刚刚挖上来的蛏按大小分拣出来装到箱里。这些被海泥包裹得黑黝黝的蛏，时不时探出白净净的蛏头来，一有动静便会迅速地缩将回去，一看便知道这"下岐塘蛏"物美味鲜，是上等海蛏。

顺着洪亮的声音传来的方向，迎面上来招呼我们的就是闻名的下岐村 136 号"养蛏人"江成财！他身着一件洁白而且笔挺的白衬衫，搭配着深蓝色的裤子，理了个整齐的短头发，满身透着海边人的壮实豪气。他说着一口不太标准但充满自信的普通话，热情地向我们介绍村鱼塘、蛏塘经营承包的情况。当问到他的近况，他说，他上半生在海上漂泊，现在开始过起了悠闲的生活。女儿长大出嫁了，生活安定，儿子也长大成人，还开公司干起了海桩工程，生意还好。而自己牵头承包了蛏塘，带领村里的一班人勤劳致富，一半的日子都悠闲得很呐！他还说，下岐这地方滩涂肥沃，咸淡水交汇，所养的塘蛏粒大、壳薄、肉嫩味鲜、口感美好，价格也会高出一些，供不应求呢。

朝着养蛏人手指的方向望去，潮水刚刚退去，蛏农正在蛏塘里挖蛏。蛏塘就像陆上的菜畦，露出水面的部分就是垄，淹没水面的部分就是沟。收获的季节，挖蛏人就在其中顶着烈日、迎着夕阳低头忙碌着。远看去，他们大多是中年妇女，在蛏塘里三五人成群，并分成若干排次，整齐地朝一个方向边挖边推进。她们身上穿着的衣服和头上裹着的防晒纱巾五颜六色的，映衬在灰黑色的蛏塘上，仿佛油画一般，充满了诗情画意。夕阳西下，光影恰到好处，摄影家们总是偏好这样的时刻，"长枪短炮"地摆弄着记下这美妙的瞬间。

闲聊间，太阳探出了脑袋，红红的柱状的光芒从云朵中间倾泻下来，周边的云朵被染得通红通红的。反差之下，远山如黛，原野金黄，静静的白马港海面上泛起了粼粼的波光，海的暮色就这么溢彩流光。远处似有歌声传来了，悠扬而又温婉，清丽而又缠绵。一排禁渔期归港的静静依偎在一起的渔船摇荡在海面上，色彩斑斓，仿佛是丹青点缀的画舫。

呵呵，这时候，我的心绪竟可以长出一双翅膀，在海的一角漫天飞翔！

千年水利忆黄鞠

张久升

两千多年前的战国时代，四川来了郡守李冰，他大手一挥，千军万马让水分流，建造了举世瞩目的水利工程都江堰，成就了天府之国的富庶与美丽。

一千多年前的隋代，一位避祸南渡的大夫，脱下官服，携家带眷，以愚公移山之志，凿开坚硬的山体，引霍童溪水泽被数千亩田园，开启了宁德霍童历史新篇章。

李冰是中国水利工程第一人，父子治水载史册。也有人说，黄鞠可谓中国水利隧道工程的先行者，举家引水利千秋。

关于黄鞠的丰功与伟绩，历朝史书多有记载，也不乏文人讴歌，它开辟的涵洞水渠，也只是在文字里所见。隔着千年的光阴，毕竟有些太遥远了。

那天，随友人去霍童看这个传说中的水利工程，一个叫蝙蝠洞的地方。其实我并不抱希望能看到什么，大地无言，我们能看到今天的流水与千年前的不同吗？对历史的仰望是不是只适合在书页里追寻？

沿宁德至屏南的二级公路走，渐近霍童时，一条新修的宽敞的水泥路桥轻轻松松穿到霍童溪的左岸。四周是高低起伏、绵绵不绝的茶园，浸润着霍童溪水，一派葱绿。文湖、茶山、岩角、枇杷洞，这些大大小小的村庄就散落在沿线。车至水泥路的尽头，我们下车步行，路倏然变小，只能容三两人并肩而过。左边，是宽广的霍童溪，而右边山脚下，一条水渠在岑寂的山野间蜿蜒。

到了。随着文物部门的人员的指引，脚下的水渠穿进了前面山脚的隧洞里，只留幽暗的洞口。

繁茂植被覆盖的山岩之下，你不知道那个窄小的洞口里面会是什么。站在新修的河谷岸堤上，踟蹰着是不是去探一下究竟。在这寂静的山野里，那个并不起眼的山洞果真留存着千年之前的水利遗迹吗？

穿上雨靴，跳下渠来。一人多高、一米见宽的隧洞恰好容我们数人排队走进。山谷里秋阳热烈，甫到洞口，一股清凉之气即刻迎面而来，侵袭周身。脚下，是混着泥土的积水。头顶，有不明飞行物，没等你反应过来，嗖的一声已飞出洞外，想必就是蝙蝠了吧？

借着手机手电功能，抬眼，环顾，只见两壁、穹顶迥然于花岗岩的青灰色，全是炭火炙烤过的黑色痕迹，仿佛上面还有烈焰的余温。石壁粗糙而不规整，有着岩石碎裂的肌理，我用手去碰触，试图从那嶙峋的石隙间掬一点岩角来，但花岗石坚硬的质地容不得一点质疑——除了钢钎和高温，除了利万物的水，它有的是其奈我何的脾气！而千年之前的隋朝，是怎样的法力让这样的岩石洞开数十米？

往事越千年。那个在史书严肃记载的、在民间口耳相传中活灵活现的、在神龛上端坐慈望霍童子民的黄鞠在眼前浮现。

黄鞠（569—657），河南光州固始县人，相传是隋朝的谏议大夫。隋朝在历史上是一个短暂的时代，隋炀帝的荒淫无道在历史上是有名的。黄鞠父子同朝为官，直言进谏，不料触怒皇上，黄鞠之父被下狱而死。临终之际，他写下七言诗嘱咐儿孙们赶快出京逃难——"骏马堂堂出异方，任从随地立纲常。内迁外境犹吾境，新建他乡即故乡。早晚莫忘父母命，晨昏须荐祖宗香。愿言托庇苍天福，三七男儿赐吉昌。"

伴君如伴虎，朝堂容不下一个正直的忠耿之士，霍童却有幸迎来了一位有胆有识的民众带头人、一个开疆拓土的勇士。

关于黄鞠入闽，村里流传着这样的故事。黄鞠先是到七都绲源，一日溯溪行至霍童溪畔的石桥，与先来此地的姑丈朱福畅叙情谊。霍童广袤的山水深深吸引着他。酒过三巡，朱福被他如何兴修水利，经营霍山霍水的雄思妙想所折服，当即愿意让出霍童之地给黄鞠肇基，自己前往更上游的咸村定居。

古时农业是开基立足之本，而水利是农业的

命脉。短暂的隋朝有个显赫的成就，那便是开凿了南北大运河这闻名于世的大水利工程。"尽道隋亡为此河，至今千里赖通波。"大兴漕运，也必定涌现出水利专家、能工巧匠。我们有理由相信，黄鞠便是这样的一位治水专家。

霍童虽然广袤，但由于山峦阻挡、水位高差所限，霍童溪水无法浇灌良田。黄鞠翻山越岭观地理，认定狮子峰下的霍童溪支流大石溪可以利用。但要凿通这一水渠，必须在一个当地人认为是"龙腰"的山脉上动土。动土，是不是会让子孙缺富少贵未可知，但不修渠引水，再好的河谷也只是芳草萋萋。

鲁迅说："我们自古以来就有埋头苦干的人，有拼命硬干的人，有为民请命的人，有舍身求法的人。"黄鞠就是其中之一吧。脱下官服的黄鞠依然怀揣着为民造福的理想。也许，在这个地僻人难至的南蛮之地，更能施展他作为实践科学家的抱负。"不问代代官贵，只要能发万家灯火。"黄鞠一句掷地有声的话统一了村民们的思想。车辚辚，马萧萧，叮叮当当的开凿声在山野里回响。黄鞠既是工程指挥，又是生产队长。在他的带领下，历时八九年的艰辛，终于修成了这条千米之长的引水渠。

今天，走在霍童溪右岸通往大石村的路上，只见一条水渠如带，汩汩清流时而穿山越谷，时而蜿蜒前行，顺流而下一直流向地势更低的石桥村。当年，正是这条水流，滋养着原本靠天吃饭的田园。有了水，荒地变良田，农民种上了黄鞠从中原引进的油菜、麦、豆，利用水流落差动力，建起五个水碓，舂米、磨豆，加工各种农产品。水利万物，加财添丁，霍童日益兴盛。

人口的增加又突显出人均耕地的减少，黄鞠把目光投向霍童溪左边的松岸洋，这片广袤之地才是霍童富庶的粮仓。开发左岸，需从霍童溪引水，最艰巨的便是要在仙人峰下凿出隧洞。那时候没有火药，没有爆破技术，没有任何可以借助的科学仪器。或许是借鉴典籍中的记载，又或者是穷途思变，黄鞠带领的众乡亲们最后采取了火烧水浇的办法。无数的柴枝不断堆积在这花岗岩上，燃烧起数天数夜的熊熊烈火后，从远处运来河水，选好角度顺着高温的岩石骤然浇下，青烟腾起，数声巨响，仙人峰下，顽石开花！挖掘，清理，修通，清澈的霍童溪水终于绕过楮平湖，流进纵横山野间蜿蜒纵横长达七千多米的大小渠道，流进这个幽暗在旷野却注定让闽东水利史发亮的隧道涵洞。从此，因为有了水的滋养，松岸洋一带万亩荒坡山野成为良田沃野，成就了一方富庶之地！

福建现存最早最完整的郡书，南宋的《三山志》上记载："霍同里：仙湖、堵平湖、塘腹湖会小溪水，隋谏议黄公创，溉田千余顷。淳熙二年，有请佃者，官以其妨民，不给，仍搜获。储知县诗云：'咫尺仙湖号堵平，先贤曾此劝农耕。若教一日归豪右，敢向黄公庙下行。'"可见，当时的县令储谆叙曾经出面干预占渠为田一事，明令禁止在湖的高处耕种，以免妨碍水利。这位储知县大约对先辈的功业感佩有加，在所著的《晓谕》中也记文："仙湖，又名杜湖，在十二都松岸洋。隋谏议大夫黄鞠所凿，长里许，广面有余丈，引大溪水溉田千余顷。湖，源远流长，岁旱不竭，附近之田，尽成沃壤"。

当时的那把火烧得太久太久了，以至于那把炭火至今还烙印在这岩体里。也许因为洞的清幽，引来蝙蝠乐居，当地人又称之为"蝙蝠洞"。又或洞内水流淙淙，洞外闻之若琵琶弹奏，又曰"琵琶洞"。再后来，因谐音之故，"琵琶洞"又被唤作"枇杷洞"，而附近不远的一个村子，竟因而得名为"枇杷洞村"。

千年的烟尘散去，也许，这就是历史留下的吉光片羽，让我们去遥想古人的智慧和毅力，和那段非同寻常的岁月。

霍童溪是宁德的母亲河，从屏南、周宁两县流下的支流在霍童狮子峰下交汇，溪流婉转，山形柔媚。溪河两岸，春天是翠生生的茶园，秋天有蒹葭苍苍和金黄稻浪，古榕下泊着的渡船摇啊摇，就把人摇向古典的《诗经》画卷里去。走进这样的山水里，很容易让人想到霍童"第一洞天"的实至名归。史料记载，魏晋唐宋时期，霍童山就是道教重要的修养地。唐初宫廷大道士司马承祯在排列天下"名山"时，霍童山已名列

"三十六洞天"榜首，甚至居于五岳的泰山之前。有典籍为证，道教《白云经》记载："天下三十六洞天，霍童第一。"

许许多多的神仙，最初都是由人化神的。他们或卓绝勇敢，或技艺不凡，或满怀爱民之心，造福一方百姓，在百姓中的形象日渐高大，随着时间的推移，便成为寄托希望的神明。

春天的霍童溪水泛泛，溪畔石桥村黄鞠故里的榕树群又换上了新的绿装。村口纪念黄鞠伟业的龙首堂中来来往往的，是慕名而来的游人。龙首堂侧旁的姑婆宫，则是为了纪念黄鞠的两个女儿丹鸾和碧凤。她们为了水利工程，在工地上早出晚归地奔波着，过了芳龄，误了佳期，青丝变白发，姑娘成姑婆，最后终身未嫁。

走进村中，但见黄鞠当年"斩龙腰"引进的大石溪水今天依然穿行于村子的房前屋后，时而靠左，时而转右，兼顾着两岸人家的用水。水渠每一段大转角处，都放置着一块石头，既可时时观察水位，又可缓冲水流，人谓"九曲三蛤蟆"。村中有砚池、墨石，村前有日、月、星三池，水在村中逗留，是景观，更给村子带来防旱、防涝、防火的安宁。黄鞠当年不仅带来了先进的生产技艺，还将中原的文化、礼仪、习俗等传到霍童，至今民间的许多习俗和河南固始县的相同。村中的益后亭，当年又称"哭亭"。农历九月九重阳节，也是黄鞠的父亲在狱中受难的日子，昔时这一天村中老人们会在这里哭奠，直至今日，石桥人依然要推迟到九月十二日才过重阳节以避讳。

今天的霍童，已是充满现代气息的文化古镇。但你只要放慢脚步，处处得见那条千年水利带给这一片土地的安宁与富足。而那位脱下官服跋涉在山野间指挥若定的治水背影，虽早已消逝，却一直不曾远离。

不知从何朝何代起，黄鞠被尊为霍童的"开山黄公"，成为十里八乡膜拜的祖先，也成为霍童百姓最信奉的可以救万难的神祇，并由此演变出远近闻名的霍童"二月二灯节"民俗活动。据说这缘于二月初一是朱福的诞辰之日，最初是黄鞠为答谢朱福的让地之恩，请他来霍童赏花灯过新年。后来，此节传至霍童"万全""华阳""忠义""宏街"四境，成了人们纪念先人丰功伟绩的最好的方式。在灯节上，缘于凿水利、吊纤绳而演绎的舞线狮独占一绝，代代相传，舞进了国家首批非物质文化遗产名录，也成了霍童这个乡村里独特的一道摄人心魄的观赏项目！

2017 年 10 月 10 日，在墨西哥城召开的第二十三届国际灌溉排水大会上，黄鞠灌溉工程成功入选第四批世界灌溉工程遗产名录。消息传来，蕉城欢腾，霍童人载歌载舞。当此时，霍童不同姓氏的村民抬着各式花灯走上古街，他们诵念着先人的恩泽。我相信那条汩汩流淌的千年涵渠，已化作精神的河流，滋养着这方百姓每一个寻常的日子。